U0023592

蔣理容◎著

一分愛心

一分善念

就是一分幸福

溫馨喜悅，宛如和風吹過
——速寫蔣理容老師

李映慧

《如歌的行板》在計畫出書之時，蔣老師便邀我寫一篇我所認識的她，我滿口答應，心想認識這麼久了，這事想當然爾是非常容易完成的。開始動筆時才知完全不是這回事，思前想後，平日的那一點文采全不見了蹤影，定心想想，問題就出在這熟悉上，相處久了，一切都成了自然而然，還說些什麼呢？我忍不住笑了起來，總不能寫一句「一切盡在不言中」來交差了事吧。

得重新來過，先做一番時光巡禮，才能接續眼前和當下的她——蔣理容老師。

結識因緣，文學牽引

與蔣老師結識，是為了向她邀稿，因從未謀面，打電話之前，先準備好一番說詞，沒想到才一聯絡上，說明了

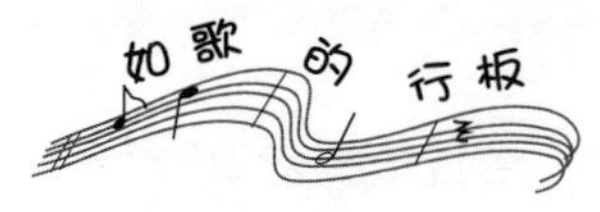

來意，她就爽快地答應，使得我那滿篇腹案全用不上，差點不知如何接口，不過就因爲這樣，開啓了我們之間因文筆而結緣的長年友誼。

眞正一起工作，培養出絕佳默契的關鍵，是在「中華奧福教育協會」成立之後，我倆因著對文學的喜好，對教育的熱情與理想，接下了大部分的文字工作，從企劃案到文宣、報導，從會訊編輯到學術文章的編纂等等，都在互相討論、分工合作中逐一完成。當然，爲了兼顧工作與家庭，我們的電話聯繫只能排在晚上，且往往一談就是以小時計，這也使得我經常登上詹醫師（蔣老師先生）的「電話熱線黑名單」之中。

當年在工作上，我們深知彼此都不是快手快腳的人物，只因都有想寫些什麼的渴望，才自告奮勇地接下協會的文字工作，因此一開始我們就採取像接力賽的分工方式，也像是「兩人三腳」一樣的合作無間。初期蔣老師還任職協會秘書長，肩負大量的行政工作，我自然也成了她的搭檔，協助計畫和執行，猶記得在討論中我的理性思維在行政上發揮了長處，而她的感性思緒總能彌補那不周全的地方，所以只要經過討論，我倆都會有一種事理清晰、脈絡逐漸分明的感覺，又有足夠的力量往前走去。

慈悲胸懷，真情流露

我們的十年共事，其間也歷經變化，第一次是民國八十六年我因母病返回南部照料，南北居住使得我們的見面機會減少，不能再像以往一樣工作，但也促成了我們另外一種的接力賽合作方式。緣於那幾年蔣老師接下了《國語日報週刊》的專欄撰寫，爲家長們寫下一篇篇音樂親職教育的文章，爲老師們留下可用的教學素材，更有相關的古典音樂資訊在專欄中呈現，還爲青少年寫了音樂和文學的對話，後來這些內容都結集成書，交由揚智文化出版。

而我在她的推薦下，後來也接下了《國語日報週刊》的專欄，同樣地也由揚智出版，而且第一本書的插畫，還是和蔣老師的女兒雅茵一起合作的，這兩件事都是她先打前鋒，而我接續她的腳步往下走，不正像是接力賽嗎？這些工作的起因，都是因著蔣老師那份悲天憫人、慈悲心性的流露，她對孩子關懷、對家長關心、對社會關切，在在都使得她不斷透過音樂、文字，溫和而堅定地說出她認爲教育應具有的品質和美感。

同時期，她居住的永康街地區，正開始一連串的社區再造活動，在交談中，我好像也跟著她一起參加，她不但支持參與，同時也帶領社區媽媽們成立「風韻合唱團」，固定練唱、受邀表演，最後她們還進了錄音室，把自己的歌聲錄製成「風華絕代、韻味天成」專輯分贈親友作爲紀念。我有幸擁有和聆聽，初聽之時，會覺得歌聲的確不專業，但什麼因素可以讓人聽下去呢？除了選曲好聽外，眞正的原因應該是歌聲裡的眞情流露，那份眞誠令人感動和接受，而這歌聲裡的眞情，不也就如同我們所見到的蔣老師嗎！

幸福真諦，感恩知足

蔣老師赴美定居之後，我們的距離就更遙遠，雖有越洋電話和電子信箱，但畢竟有著時空上的差異，所以她每次回臺小住，我們總要撥出時間相約見面，分享這中間彼此的見聞閱歷和人生體悟，這也是我們最盼望、最愉快的時光。這期間，我繼續留在協會服務，同時做課業上的進修，而她在美國展開新生活，在逐漸安定後，又重新提筆寫作，記錄下美國生活的點滴，還有後來的社會參與活動。

這些篇章，我都在出書前就先閱讀過，同時在和她的交談間，知道得更詳盡深刻。初期在美國，重點放在適應生活上，因此她寫人、寫景、寫動物，不管描述的是什麼，都讓人覺得栩栩如生，因爲筆下的眞情，讓你感到描述的都好像是你周遭所熟悉的事物。隨著生活上的適應，她漸漸地走出家門，走進灣區的華人世界，加入更多的義務工作，同時又用她的音樂專業和教學經驗，再度投入教育工作，而她教學的對象，從三、四歲到高中生，甚至是

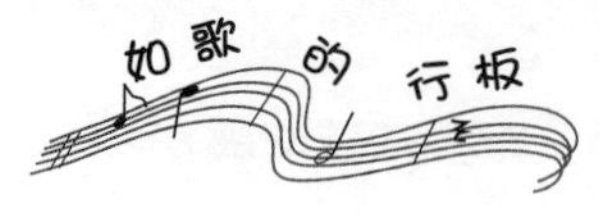

年齡比她大的銀髮族。

我不禁羨慕起來，這不就是音樂教育的理想境界嗎？沒有年齡限制、跟生活實際結合、沒有地域國界之分、也沒必要正襟危坐，看著她的「書香樂韻品味人生」講座，我眞希望也進入課堂聆聽，和大家分享人生的種種。

從臺灣到美國，截然不同的環境，看來好像是不得不轉換跑道，但這不影響她能自我觀照、體察人生、重視生命的人格特質。去國五年，生活上有著適應上的辛苦，但生命的功課卻未曾停歇，下筆的每一刻、每一字都淬煉出生命的菁華，這洗滌心靈的元素源於一顆感恩又知足的心，難怪她要說：「幸福人生，原來就在你身旁。」

和風徐徐，吹拂大地

她對生命的態度，是慎重而不沉重，對人、對事觀察入微，但極爲接納包容，對於生活上所有的不完美，也坦然接受，對他人的成就，更是讚嘆以對，這樣的生活態度，使她散發出一種溫馨喜悅、和諧美好的氣質，也使她能擴大生活領域，開拓了生命的寬度和深度，提升了生命的層次。

這十多年中間，細細回想起來，曾因我回南部照料母親、隨之她的赴美定居而增加了距離，但不論多忙、距離多遠，我們總是能很快地接上線，只因爲我們有一個共同的喜好——文學，加上相同的音樂專業和對教育的觀念，使得我們永遠有聊不完的話題，這樣相處的感覺，有如和風吹過大地，雖不經意，卻使得萬物滋長、生生不息。

謹以這篇文章記錄我們的友誼，此書完成之時，同時也是蔣老師回臺的時刻，也是我們另一階段合作的開始，願所有讀者和我一樣，在閱讀本書的時候，都能感受到被和風吹過一般的舒適溫馨，一同走進蔣老師的心靈天地——那個柔軟、澄淨、無限開闊的世界。

（本文作者曾任中華奧福教育協會第六屆理事長）

自序——臺北四月天

蔣理容

有一年的春假，回到睽違已久的臺北，迎接我的是燦亮的四月。印象中該是細雨紛紛的時節，我何其幸運，碰上了難得的大好天！

對久居北美的人來說，加州不下雪的確少了四季的顏色，優渥安適的氣候也使得西岸人遠比紐約客或北方佬少了一些對抗酷寒的強韌毅力。但是，僅僅從那鬧春的花團錦簇、盛夏的濃蔭、秋的蕭瑟，還有當那老橡木落盡了一樹光華，在冬陽下蒼勁挺拔的身影，其實也展示了四季彩妝，生動描繪出大地的丰姿。

臺北就不一樣了，整年都綠意盎然。因爲高溫和濕潤，即使在車水馬龍的敦化南北路、仁愛路，都是一片恣意耀眼的綠，好像臺北人的生命活力，都盡情展現在這些路樹、市容、人群和車陣裡。

我便懷著這樣的遐思，走在信義路與東門市場轉接處。恍惚之間，一隻拍著翅的小生物懸在騎樓的半空中，吸引了我的視線，紅色半透明的翅，啊！是蜂鳥嗎？我在舊金山曾驚喜地看到過一隻淡紅色、體積極小的蜂鳥，就是這樣撲著翅膀，不進也不退地懸飛。我目不轉睛地追隨牠，一瞬間，牠飛到一個店家的牆上，貼住了……我的天哪！竟是一隻會飛的蟑螂！我啞然失笑了起來，爲自己無可救藥的浪漫。怎麼可能？四月的臺北！「遇見蜂鳥」！哈哈哈。

曾經有一位朋友說，美國是一個天堂——寧靜、安詳而有規律，只可惜是個寂寞的天堂；臺北也許擁擠、零亂、嘈雜，但卻是熱鬧又快樂的。

我深深愛著這份熱鬧快樂。其實，近幾年來社區意識和環保意識逐漸提高，都市居民以「新故鄉」的心態來經營自己安身立命的城市。以我家所在的永康街來說，這裡有觀光客必定要品嚐的小吃老店、有年輕貴族愛逛的個性商家，更有社區媽媽認養的永康公園。夜市打了烊之後，第二天迎接晨曦的，仍可以是沒有一片垃圾的乾淨街道……

又一個生命燦爛的四月天，去國五年之後回到臺北，只有滿懷的感恩。

我並沒有修到一個心儀的文學學位，連主修的鋼琴教育也沒有什麼收穫，只攜回了這本書，記錄了——

❤這一路上調適的挫折和辛苦，重要的是學到了以感恩之心看待一切。

❤天使伴行的彩虹路上，有新環境、新朋友，帶給我全然新鮮的生活感受。

❤參與社區服務當志工，在回饋中看百種人生，深感「施比受更有福」。

❤陪著孩子一齊成長，深切體會教育之道，原來就是

「愛」與「榜樣」。

❤生命感懷、心靈成長、人我之間、體悟人生的眞義。

如果說這是一本幸福日記，其實也不爲過。人生不如意事十常八、九，但當面對橫逆，以感恩心淬煉它，所濾出來的，不是幸福是什麼？

兩個女兒各有成績：雅茵完成了藝術碩士，雅安即將進入大學，而我呢？美其名曰「階段性任務」告一段落，解甲歸鄉。感恩她們姊妹倆，得經常忍受媽媽的無厘頭和偶發奇想，也自動自發快樂地長大了；更令人感激和感動的，是家裡的「爸爸」，雖曾有怨卻終究無悔，善解我的努力、包容我的自由揮灑，更珍視我們此生的緣，迎接這個「玩得很開心」的老婆回家。

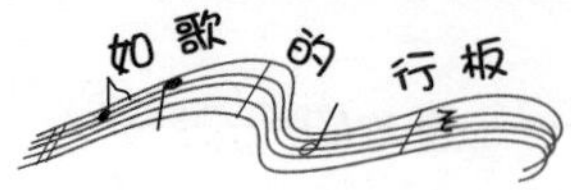

目錄

1.

調適，並非全然的辛苦。抱持一顆寬

的心，犧牲了享受，也享受了犧牲

「先生」的女兒

那一段陪爸比出外應診的幼時歲月，為我開啓了生命之窗，見識不同於我的人生百態。

「先生」，是臺灣早年對醫生、老師的尊稱，源自日文せんせい。

車子奔馳在速限四十五哩的公路上，夏日正午的陽光白花花地照得我頭昏，心裡料想一定是走錯了路，急急彎進一處住宅區停下來，我得冷靜一會兒，找找地圖，盤算一下方位才好。

一陣小女孩清亮的笑聲引起了我的注意，循聲望去，一位中年男子騎著腳踏車，橫槓上坐著一個約莫三、四歲的小女孩兒，男子假裝技術不好，在人行道上歪歪斜斜地騎著，逗得小女孩大樂，那毫無保留的笑聲，讓人聽了都忍不住開心起來。

男子看來並不老，這是一對父女吧？在美國，看慣了自行車騎士都是護目鏡、頭盔，以及一身勁裝，而眼前這對與周遭極不協調的搭擋，卻那麼地令我賞心悅目，不由得思緒飄向了遙遠的時空……彷彿四十多年前，臺灣某個角落……啊！腳踏車前槓上的小籐椅！我的眼睛蒙上了一層水氣，喔！爸比！

在我的同學、玩伴們都還喊著「阿爸、阿姆」甚或「多桑、卡桑」的古早年代，我和姐姐、妹妹們卻是「爸比、媽咪」這樣地叫著爸爸媽媽，據說是完全還沒有記憶的我在跟隨爸媽看了一部外國電影之後，執意要這樣叫的結果。

在全是女兒的小家庭裡，爸比媽咪是無論如何也嚴肅不起來的，雖然他們都是在嚴格的家教環境下成長。受過新式教育的爸比，思想雖不新潮，但卻很民主、開放。我們這些小蘿蔔頭從小就感受到被尊重、被體恤。這對四、五十年代的父母來說是很難得的，他們一方面對長輩要晨昏定省、逆來順受，另一方面對自己的晚輩又得耐心傾聽，奉行「愛的教育」。

記憶深處的童年和爸比的醫生形象密不可分。在小鎮執業的醫生家庭物質上並不富有，那些「掛號費」、「醫藥費」的名目都是備而不用，倒是左鄰右舍或病患親屬，時常把一隻雞、一隻鴨、幾條魚或自己種的菜蔬瓜果，送

來與我們分享。記得媽咪都不太敢上菜市場，「買哪一家的呢？全是熟人啊！」

我們小孩子也有小孩子的壓力，隔壁家庭理髮廳的老闆來家中，說要「看看小姐們的髮型」，因為顧客指定他「剪成『先生的女兒』那樣」，其實我們的頭髮都是媽咪剪的，衣、裙也都是媽咪自己做的，身為「先生」的女兒，引人注目，令我們的行為舉止不敢不端正守分。

爸比開業之前是臺大醫院的醫生，工作雖忙，家人相處的時間卻比較多，印象最深刻的是，爸比躺在榻榻米上，雙膝弓起，我坐在他腳板上，抱住他的膝，"Chi chi bon bon. Chi chi bon bon"地玩著坐火車的遊戲。而車票呢？媽咪用縫紉機不穿線的空針，車出一排排整齊的洞眼，可以撕成一張張車票；以不同顏色的紙區分「觀光號」、「光華號」或「普通車」，而且每張票都有票根呢！站長還會報告：「桃園到了，請下車。」就這樣，小小年紀從未出過遠門，也記住了不少臺灣南北各大城鎮的名字了。爸比媽咪的耐心和創意，就這樣豐富著我們物資匱乏的童年。

小地方的開業醫生也不僅僅是位「醫生」而已，印象中家裡「客人」總是川流不息，連半夜也不間斷地有人敲門求診。爸比以「醫學士」與「藥學士」兩項專業，在小鎮上備受敬重與信賴。每天下午，爸比會安排一段時間出門去看一些行動不便或上了年紀的患者，這也是我最喜歡的「應診時間」了，抱著爸比的「應診提包」，坐上腳踏車前槓的小籐椅，那一段陪爸比應診的幼時歲月，爲我開啓了生命的另一扇窗，見識了各式各樣不同於我的人生百態。

「先生！先生！今天看誰呀？」

「王個他老母啦！」

「先生！阮牽仔血壓有高的款內！你待會兒也過來幫我們看看好不好？」

於是本來要看一個人的，到最後可能三代老小都看了。曾有一家人說小孩肚子脹氣不舒服，哭鬧個不停，請「先生」順便看一下。小孩才抱過來，爸比就知道問題出在哪兒了，解開尿布一看，熏黃一片，旁人都幾乎作嘔。爸比當時的神情和態度，至今讓我難忘，只是在多年的成長之後才體會到，原來「望、聞、問、切」的實踐，是何等偉大的情操！解除病痛之外，同感的心和體貼的意，將人性昇華，至崇高的境界。

往往爲了等候爸比應診，我和病家的其他孩子們玩起跳房子、橡皮筋等遊戲，直到日色近暮。如今回憶起來，那些赤著腳、流著鼻涕的小孩，和我在一起玩著、跳著，又是何等奇妙的一幅「族群和諧」的畫面呀！

爸比在盛年，因一陣毫無預警的「主動脈剝離」症而驟然去世，每每憶及那一刻，我的心中便感到一股椎心的刺痛，然而，在爸比喪禮中，那麼多識與不識的人們，捶首頓足、痛失所依的眞情至性的情景，直到今天還是一樣地讓我感覺震撼與難忘。

爸比！此時此刻我是多麼強烈地想起您啊！深埋在內心一角的思念，像潮水般翻騰洶湧。喔！爸比！在北美，加州這白花花的午後，我看到一位素樸的中年男子，牽著他女兒的小手，漸行漸遠……

老佛爺

飽讀詩書的牠氣質越來越不凡，眉宇之間有著非比尋常的丰采。

老咪十歲那年從臺灣移「民」來美，過了六年養尊處優的公寓生活，才壽終正寢。一介「貓瑞」（據說貓族一歲等同人類七年）雖被暱稱老咪，但親朋好友每看到牠那份氣定神閒的雍容模樣，都會情不自禁地說聲：「老佛爺，您安哪！」老咪其實是一隻普通貓，既沒有高貴血統，更不是什麼名門出身，進駐咱們家換得榮寵的一生也真是牠的造化。

當年讀國中三年級的小妹正在水深火熱挑燈K書之際，一聲又細又亮的喵聲劃破深夜的寧靜，然後是麵店老闆邊收攤邊斥罵，小妹奔出門循聲找到了這隻身軀小小卻嗓門奇大的貓。許多年之後我們才想起沒人再聽過牠的叫聲，也忘了牠有個大嗓門。想必是多年來吃飽喝足，從不須自己覓食的緣故吧！

收養之後，牠成了小妹貼心的伴讀，高中、大學聯考小妹順利地過關斬將，這隻貓咪居功厥偉，我們看到小妹無論是背《論語》、《孟子》，或解數學、化學，牠一定陪

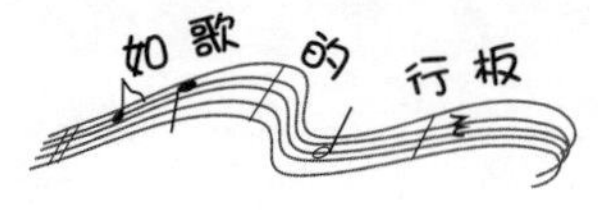

侍桌面，有時不免當個受氣筒被趕到地板罰坐，但只要檯燈不熄，牠鐵定不會棄主人於不顧，自己先睡之大吉的。

小妹唸大學那幾年，老咪也步入中年，漸漸地，我們發現老咪氣質越來越不凡，飽讀詩書的牠，眉目之間自有一番非比尋常的丰采。

當老咪還算是「小咪」的時候我已結婚，外子一向與「毛絨絨的東西」不共戴天，對小妹與貓的故事深不以為然。然而萬萬料不到的是，老咪有一天竟不得不成為我的家貓，陪我女兒讀書、練琴，續演一段傳奇。

小妹赴美國留學之前，含淚將老咪託付給我：「姊！牠這麼老了，比我們的爸媽還老，拜託妳照料牠，直到送終吧！」

就這樣，我身不由己地接下這個棘手的任務和「一小頁」的備忘錄：「新鮮丁香魚蒸熟，剔骨，切碎，拌飯再剁一剁，用筷子餵食，不然會噎到。」嘿！這是什麼貓？每一大項還有數小項說明，諸如：貓砂怎麼處理、睡覺如何、喝水如何、沒有丁香魚又如何……。

最高興的人是剛讀小學的女兒，背二一二、二二四……或白日依山盡……都有一個忠誠的伴讀。可憐的老咪讀完了碩士再回頭唸小學，而更慘的是女兒的小提琴正在「殺雞殺鴨」的階段，音感極佳、IQ又高的老咪常緊縮脖子，雙耳往後貼著忍受那噪音肆虐。

在我家的第幾個冬天我已記不得了，那一陣子臺北特別的冷。牠好幾天不喝不吃也不拉，緊閉雙眼，口涎也止不住地流，眞不忍心一向雍容華貴的牠如此不堪，和小妹越洋電話「抱頭痛哭」了一番，大家決定勇敢地接受這一天的到來——帶到獸醫那兒「安樂死」！

那時已近農曆年，獸醫一聽斥責我：「大過年的叫我做這種事，給牠一次機會也給我一次機會吧！」好吧，好吧！死馬當活馬醫！醫生正準備打點滴，沒想到牠奮力一搏，那位好心不得好報的醫生竟掛了彩。最後我們兩個人四隻手，外加五花大綁，結結實實費一個半鐘頭打完一瓶點滴。奇蹟一般，老咪彷彿只是睡了一覺醒來，什麼事也沒發生過，第二天竟然一切如常：吃鮮魚拌飯，從我們的杯子裡喝水，伸懶腰抓椅背……外子終於發難了：「夠了夠了，我出飛機票，叫小妹回來帶牠去美國！」喜出望外的小妹當然照辦，這最後一程也是馬虎不得，辦檢疫、打預防針、獸醫開證明、商品檢驗局辦通關出口、買機票……一切符合程序。老佛爺畢竟不同凡響，有一項規定是這班飛機只有一隻小動物的話，可以不進貨艙，因此這隻重兩公斤半、花色漂亮的老咪就坐在小妹膝上，經過十二小時航程飛到了新大陸。

經歷了那一段鬼門關之旅，老咪像脫胎換骨，在美國展開全新的生命，牠吃罐頭貓食甘之如飴，牠找全屋子最舒服的位置睡覺，偶爾到後院散個步，那些偷採果實的浣熊和松鼠全都不敢造次。

老咪的一生，陪我們走過年少和青春，更和我們全家三代有深厚的感情，家中曾養過寵物無數，只有牠，是唯一的老佛爺！

臺北，永康街

這個在世界上數得出排名的大都會，這個城市燈光多過銀河星星的大臺北，竟然就是我的故鄉！

「故鄉」之於我，一直是個陌生的名詞。

小時候讀有關故鄉的文章，總有小河、野花，或鳥聲啁啾，或繁星點點，至少也有些死胡同、小巷弄，和鄰家爺爺的老故事、青梅竹馬的友伴……這種畫面，怎麼樣都無法與臺北市櫛比鱗次的高樓大廈，和洶湧喧囂的車陣人潮想像到一塊兒。而我出生、長大、成家、立業，都不曾離開臺北。因此，我以爲我是一個沒有故鄉可以想念的人。

自從移居北美，種種調適和忙碌、孩子的成長、自我的成長，占去了生活的大半。間或有一股莫名所以，卻又揮之不去的閒愁雜感，總在不經意的時刻襲上心頭，叫人心慌，感覺不踏實。我頓時明白，這，就是鄉情啊！而臺北，這個世界上數得出排名的大都會，這個城市燈光多過銀河星星的大臺北，竟然就是我的故鄉！

讀師大的時候，越過和平東路就到了永康街，每當領公費的日子到了，對音樂系的我們來說，簡直就是從天上掉下錢來，同學們會相約，捨龍泉街的牛肉湯麵而赴永康街的「劉家鴨庄」打一頓牙祭，永康街以吃聞名幾乎是享譽中外的。

我婚後也因緣際會地定居永康街，二十多年來，眼見居民的社區意識逐漸提升，永康街吃的藝術與吃的品味竟也昇華到「形而上」的層次，變得悠閒、健康，也「知性」了起來。

「永康公園牛肉麵」和「誠記越南麵食館」都因爲經營者的故事深受媒體青睞而聲名大噪，儼然成爲永康街的代表商家；「鼎泰豐」更不必說了，東洋客、西洋客、歸國人士全都心甘情願爲一個桌號排上一小時的隊，只因爲你一旦吃過鼎泰豐的小籠包，保證到全世界的中國餐館都不情願再點一客小籠包了。

我則經常流連好幾家有個性、風格又獨特的小店，像

「風車之家」，楊小姐的父親巧手製作的大大小小風車，擺的、掛的，妝點了一室清爽氛圍，店門口懸吊的各式風車在有風的日子裡，遠遠地從永康公園就向你熱情招手；六巷有一家「花天綠地」，黃家二姊妹經營花店和咖啡屋，還養一隻漂亮的門面狗，小約克夏名氣可大著呢！名叫“Money”人見人愛；公園盡頭“Cello Pasta”主人是位知名音樂家也拉大提琴（Cello），只看菜單就足足讓你賞心悅耳，每一款美食，都配一闋名曲。不過要吃這「騎樓義大利麵」可不簡單喔！下午五點半才開始營業，也不接受訂位，偶爾還會貼出一張臨時海報：「今天音樂廳有很棒的節目，不必吃麵啦！」夠酷的吧！

還有一家保證你去了又回、流連忘返的「回留」餐廳，絕對的生機、素食和手工，老闆是一位老美，他不只賣食物，也賣生活概念和氣氛。我有一回和朋友們仔細地研究店內一盆植物究竟是眞還是假，老闆遠遠地傳來一句：「我這裡沒有假的東西！」喔！失敬、失敬！

再遠一點到麗水街，「長春藤西餐」是有名的老店，藝文記者作專人訪談的好地方，在這裡你會不期然地碰到心儀許久的作家、音樂家……。

與永康街平行的麗水街，因緊鄰金華國小而比永康街多了一分書卷氣息。「永業書店」遠近馳名，凡小學生所需文具、工具書、玩具、儀器等等應有盡有，周老板的服務特別熱誠，在這裡很少有你買不到的學用品，因此有不少主顧是高中生和大學生。

「老郭川菜」年輕的老郭夫婦與我有特殊交情，每當有朋友來訪，想考考我的手藝如何，我一定帶他們到這兒來，大言不慚地介紹：「喏！這就是我家廚房！」

「冰館」的芒果冰則是我離開臺北之後聽說才「紅火」了起來的。一次返鄉探親，看到八月艷陽下大排長龍的奇觀，果然讓永康街又添一景。

月牙泉
水煎包
KOKO

不要以爲永康街盡是吃，臥虎藏龍的人物多著呢！公園門口的「久明照相館」健談的老闆開口閉口都是攝影專業，對外行的「傻瓜」一族也經常苦口婆心地指導你如何拍得更好。店裡至今仍擺著林青霞、彭雪芬的學生照，足見老闆的功夫與資歷之老到。「久明」的老闆娘碧霞堪稱永康街的臺柱，因著地利與人氣的旺盛，這店面經常熱絡得好似里民辦公室一般。

說到里民，「人」才是讓地方鮮活有勁的一大資源。多年前，破亂衰敗的永康公園就像永康街上的一顆毒瘤，面臨被闢成道路的命運，這項都市計畫決定將五十多棵老榕樹砍掉，公告貼在毫不起眼的公園一角，竟被一位當年就讀臺大的陳姓女學生看見，她動員了表弟妹和他們的國中同學，發起一項「護樹行動」，進而引起家庭主婦、附近商家有所覺醒，在環境保護與商業利益的衝突中，學習到活生生的民主課題！居民將極具創意的「仿公投」賦予嚴肅意義，最後六百七十多票對一百一十票決定向市府爭取「讓社區自己動起來」！

今日的永康公園呈現出一幅有格調的面貌，不只是外表，社區人文發展的活力更是可觀：小學生追溯「老永康」的歷史，繪成美術作品；然後由鄰居——臺北師範學院美術系師生砌成浮雕與瓷磚畫，成爲公園象徵性的圍籬；商店認養花圃和路樹，夜市小攤自動地清掃，每天都能還給街道一個清爽潔淨的早晨……家庭主婦投入社會服務，她們以廚餘製堆肥、有的在消防隊當義工、守護學童安全、照護孤獨老人等等。奉獻之餘也不忘充實自己，她們組織「婦女學苑」和「風韻合唱團」，心靈的成長讓自己開心，也讓全家歡喜。

臺北市有相當高比例的外來人口，但「在地」的感情使大家同心協力，打造出一個可愛的新鄉！數年前，我身歷其境參與了這項令人感動的「希望工程」，而只不過短短數年，我已深深思念臺北，永康街。

啊！如果從未離開，怎知思鄉如此情切？如果不曾分別，又哪能享有期待重聚的喜悅！

王子亞伯特

他可以當你的小兒子呢！雖然排行最小，可算是「長子」吔！

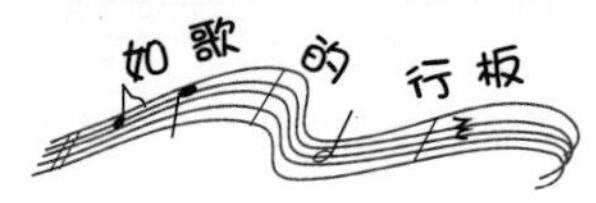

牠一點也不怕生，像一團毛茸茸的雪球，這裡喊Albert就跑這邊，那裡喊Albert就跑向那邊，甚是可愛，大家叫得越是快，牠也跑得更加帶勁。

「牠喜歡牠的名字呢！」全家人都這麼認爲，至於爲什麼叫Albert？那好像是歐洲某位王子的名字吧？爲了對這個家裡的新成員表示歡迎之意，冠以一個貴族氣息的洋名，沒想到還挺投緣的。

那時候亞伯特才兩個月大，一位臺北鄰居的獸醫要爲自己的小愛犬找一位好主人，鄰居說：「我們隔壁詹太太最有愛心了！」但是唯一極力反對的人就是叫做「詹太太」的我。看多了養狗族的下場，愛的、寵的，都是小孩，狗狗的「好事」全歸老媽。因此，我下定決心鐵了心腸，絕不妥協。沒想到小亞伯特很會認「娘」，也早早就看出誰是一家之「主」，不管誰喊牠，用什麼餌來吸引牠，牠一定先跑去敷衍一下，再跑回我身邊坐得規規矩矩的，兩個女兒竟然說：「牠可以當妳的小兒子呢！」甚至還要加一

句：「雖然排行最小，可是，算是『長子』吔！」

家裡養了寵物，頓時一家人IQ都好像出了問題，傻言傻語一大堆，最理性的還是只有「爸爸」一人，不和「阿貓阿狗」一般見識，但是亞伯特卻是善盡了一個「寵物」的最高職責。牠喜歡窩在人身上，那溫度、重量都恰到好處，沒有給人一點負擔，而當「爸爸」坐在沙發上時，亞伯特也會跳上另一個位置，遠遠地陪伴著，眼神透著問號：「可以嗎？」讓人又是愛憐又是窩心。

看我梳妝打扮，拿鑰匙、皮包，知道要出門了，馬上跳到門邊，咧嘴搖尾的，想要跟，若實在不能帶牠，只要指一指牠腦袋，說：「亞伯特乖！自己在家。」牠馬上「停格」，低下頭，尾巴下垂，一副聽懂了的樣子。每個人回到家，只要到牠窩裡去找出自己的拖鞋來就好了。「亞伯特寂寞呢！抱著拖鞋也好，好像一家人都在一起！」女兒們如此解讀。

這種小型「馬爾濟斯」曾在某一年的臺北狗展中獲得票選最佳公寓型寵物，不過建立良好生活習慣仍是首要之務。初來之時，才兩個月大的baby，沒幾天就定時、定量、而且定點，贏得全家人的讚美：「眞是有自尊心又自愛的孩子！」當然嚴格管制食物也很重要，只許吃狗食，絕不可「你一口、我一口」地分享姊姊們的盤中飧。亞伯特因此長得漂亮健康，沒有體味、不掉毛，看起來就像卡通「小白獅王」裡的小王子！

亞伯特兩歲時跟著我們移居美國，地大物博讓牠大開眼界，不再是臺北公寓中的嬌嬌狗；院子裡「物種」繁多，除了昆蟲、小鳥之外，偶有松鼠、浣熊來造訪，亞伯特這才慢慢被激發出狗性，以牠那不甚純熟的吠聲虛張聲勢一番。

美國算是寵物的天堂，狗用品、狗美容都所費不貲，我可沒那麼「腐敗」，清洗、剪毛，一切自己來，不專業的技術畢竟差了一截，亞伯特變得毫無造型可言，加上體重從五磅變成十磅！七歲之齡等於人類五十歲。小姊姊還是個荳蔻年華的少女，亞伯特已經是一位中老年的uncle了！

曾有一位老美鄰居看到牠，說：「亞伯特．愛因斯坦？看起來很像！」殊不知，像的不是頭腦，而是稍嫌邋遢的外型！

媽媽我也差不多，久違了琴棋書畫，每天不是當司機、園丁，就是洗手下廚，沒空也無心上美容院，纖腰早已不復見，style也不知跑去哪裡，與亞伯特兩相對映，彷佛從皇室被貶至邊陲。

我家王子亞伯特，從襁褓到壯年陪著我走過空巢前期，在「家」的城堡裡，牠是我永遠的「王子」。

雅安

讀「師大附幼」大班時，有一天，乖乖地坐在高腳椅上等著晚餐開飯。忽然問了一句……

姊姊雅茵初生之時，新科爸媽不免對第一個孩子抱以高度期望，更有一種「抱在手中怕掉了，含在口裡又怕化了」的戰戰兢兢，連取個名字也翻遍各種「命名學」的專書，筆劃和出生時辰的「斤兩」都斤斤計較，聲調更要講究，到了最後，還勞駕祖母在先祖父靈前擲筊決定，才終於大功告成。

到了迎接妹妹的時候，想必是產婦已近高齡，機器老舊，進了手術房才知難產，緊急剖腹之後，母女均安，幸運地撿回兩條命。

於是算命、取名、求神問卜諸事全免了，祖母說：「平安就好，平安就好！」因此毫不費力的，就把她叫做「雅安」。

姊妹兩人年齡差距很大，外貌神似個性卻迥異，姊姊有小聰明、愛創新、不按牌理出牌；妹妹一本正經、循規蹈矩、做事按部就班。

但是全家聚在一起的時刻，那個令人咋舌、爆笑、笑掉大牙的，卻往往是雅安。

在她讀師大附幼大班時，大約五歲，有一天，坐在高腳椅上乖乖地等著晚餐開飯。忽然問了一句：

「媽媽，妳生我的時候爸爸有沒有送妳金子？」

「金子？沒有。」

「人家我們老師說，生小孩子爸爸一定要送金子。」

我手上一邊忙著，聽她這麼說覺得有點好玩，便朝向「爸爸」說：「聽到沒，聽到沒？雖然生的是女孩，也得送金子犒賞喔！」一方面心裡卻納悶，老師管人家送金子還是鑽石做什麼？

「一定要送，一定要送！」

雅安的直脾氣快上來了，她一向理直氣壯，絕不向歪理妥協。

「安安，沒關係的，爸爸沒送但是姑姑、阿姨、外婆都送了啊！」

「不行！不行！老師說一定要爸爸送！」雅安說著說著委屈地哭了出來。

「老師說，爸爸要送一個『精子』給媽媽的『卵子』，才會生我！」

全家大小這才恍然大悟，笑到上氣不接下氣。姊姊更誇張地從椅子上摔了下來：「媽呀！妳得去學校問問看，老師還教了些什麼呀！」

這個笑話被姊姊譽爲經典之作——富教育意義，又有娛樂價值。也足以看出雅安那正經八百的模樣，聽不懂玩笑話、會錯意的反應，叫人啼笑皆非的事例有一籮筐，家裡有這麼個活寶，增添不少樂趣。

雅安兩歲時，我的工作正處於最忙的階段，加上雅茵有各種補習和才藝活動，「爸爸」有夜間門診，家中所有事都交給保姆和歐巴桑，有一天，歐巴桑要雅安抽「明牌」，我還一頭霧水不知道什麼是「大家樂」，歐巴桑說：「安安很『靈』喔！上次我中了兩千元！」我這一驚嚇眞是非同小可！虧得白唸了一肚子教育理論，什麼「遊戲中學習」、什麼「陪著孩子快樂學音樂」……我的孩子在這樣的文化水平中生活而我竟渾然不知。

頓悟之後，下定決心謝絕一切外務回歸家庭。表面看來，好像是爲家、爲孩子「犧牲」自己的理想和專業，事實上我卻感激這一切因緣，讓我有機會沉澱、自省，整理自己庸庸碌碌的人生究竟所爲何來。在陪著雅安長大的這幾年，我與她同步，再成長了一次，收穫其實更大。

幼稚園讀師大附幼，兩位陳老師都有很好的教育觀，我便義務地帶他們班「奧福音樂」，過了一段快樂的啓蒙；小學時有家長熱心推動「家長資源提供」，有人帶民俗技藝、有人說故事、做手工，我當然義不容辭帶起「古典音樂欣賞」，利己也悅人之餘，還有機緣爲《國語日報》的兩種刊物撰寫專欄，針對不同年齡層的讀者，將理論與實務相互印證，這些都是我無心插柳的、珍貴的經歷。

雅安總在我準備教材時當個最熱心的旁觀者，不必刻意「先」教她什麼，因爲我相信潛移默化的功能必定大於灌輸和塡鴨，「喜歡學」就能「學得好」不是嗎？但是教育理想一旦要落實在自己的親子關係上卻是很不容易的，我衷心地感激能因爲教別人的孩子，自己反而成了受益者。雅安一絲不苟的本性也使她壁壘分明的，在學校裡喊我「蔣老師」，回到家才叫「媽媽」，絕不會混淆。

定居美國之後，我和雅安成了名副其實的「二人三腳」亦步亦趨，她需要我開車接送，我需要她管理電腦網路。初時兩人英文都不行，認路和方向感也很差，那時候我們除了互相鼓勵、打氣，還發願將來一定要盡力幫助新移民，適應新環境。誰知兩年後，我除了稍微習慣之外，生

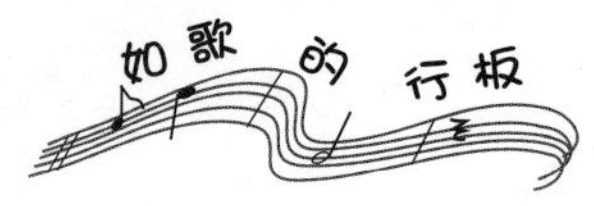

活能力沒什麼長進，雅安倒是積極地參加社區活動，也加入學校的學生自治會，以實際行動來爲別人服務。

我彷彿看到兩條原本緊靠的平行線，其中一條不斷地向上伸展，迎向前去，另一條顯然力不從心，成了下行的曲線。

回憶起雅安九歲時，我們住家附近的永康公園有社區婦女合唱團音樂表演，她在作文簿上寫著：「沒想到平時都是家庭主婦的媽媽們，盛裝打扮起來，像一簇簇綻放的玫瑰……」登在社區刊物上，令我驚艷，也讓受到讚美的媽媽們心花兒朵朵開了！她從小就是這樣的會體貼別人。

雅安的人生觀不同於姊姊一心想圓個藝術夢。當高中生都在全力爲申請大學拚命的時候，雅安篤定的想選修社會工作、心理學這些學科，一向務實的她考量的卻不是將來工作好不好找、收入多不多等等，只因單純的喜歡幫助別人。對於性向如此南轅北轍的一對女兒，我們作爲父母的人也只能抱以欣賞的態度，然後給予高度的支持。

和雅安同時學小提琴的同學，有人天賦極佳，已能夠和樂團合作小提琴協奏曲，雅安並不具備那樣的才氣，但當她在探訪安養院時，用心演奏著「小白花」、「美麗的夢仙」、「莫札特小夜曲」這些小曲子時，她說：「那些重病的人和老人，盡力的要表達他的喜歡，有的人甚至不一定能反應，但我知道，他們聽見了！」

她安慰了那些無助的人們，也安慰了我。

2.

天使伴行彩虹路，新環境

新朋友，帶來全新的生活感受

神風，佳美莉

中年新移民、單親陪讀，新手與車相依為命，有著不足與外人道的辛酸。

小女兒唸初中時，班上有位來自中國的女生，說得一口京片子，羨煞了我們這些「臺灣國語」族，最令人莞爾的是，她把同學們的名字全用中文發音，「珍妮弗」、「潔西卡」這樣子呼喚，為了好玩，會講中文的同學便學她「安琪拉」、「派崔克」、「史蒂芬妮」互相叫來叫去開開玩笑。

孩子們因此叫我的車「佳美莉」，常常說「媽媽和她的佳美莉」如何如何。這個詞句道盡了我這個中年新移民，單親陪讀，新手與車相依為命的箇中三昧，和一些不足為外人道的辛酸。

當初選擇了佳美莉並沒有太多考量，車子嘛，代步而已，顏色也選了最平凡的「滿街都是」那一種。抵達美國的次日就請妹夫代勞，幫我把早在網路上購妥的新車開回家。

第二天我養精蓄銳、小心翼翼地先在家門前後兜圈

子，一方面認路一方面重溫一下技術。之所以這麼愼重，全因爲我在臺北沒開過車，美國的駕照則是半年前才考取的，自知膽小又功夫欠佳，謹愼爲上。誰知太過於瞻前顧後，結果是過猶不及，佳美莉第一天就出師不利，不但破了相，撞的還是自家的車庫門！

那天我在住宅區大約繞了近三個小時，好不容易摸到了回家的路，眼看家門在望，打從心底舒了一大口氣：「終於！」車子轉上車道，那幾秒之間我手忙腳亂，腦子也不聽使喚了一陣子：我是該按遙控門打開車庫？還是關掉冷氣？踩煞車？熄火？然而什麼都來不及了！轟隆一聲巨響，除了沒有人受傷算是大幸，其餘的只能以「慘烈」來形容。

更糟的是在等候修理車庫的兩星期中，佳美莉就一副歪鼻斜眼的尊容，天天在家門外餐風宿露。

感謝美國這個理性又有秩序的國度，一切只要依著規則來不怕行不通。首先我勤作功課，要去到哪裡先研究好何時變換車道，也一定要確知哪個路口轉彎。碰到了STOP標記，更完全奉行「四輪全停，看左、看右、踩油門的同時再看一次左」這些駕駛手冊上的金科玉律，謹記著教練的叮嚀：「虛線可以跨越準備轉彎，實線你要當作它『就是一堵牆』，絕不可越過。」「換車道時先看後視鏡、打燈、回頭看一下同時切進去。」……其他像紅燈右轉等等不成文的規定，我全都老老實實地遵行。結果就是落得每當有共乘的需要時，朋友們都爭著載我，絕不讓我和佳美莉有機會上陣。

加州的熱情陽光也令我煩惱了許久，遮陽板總有遮不到的角度，當夕陽從左後方射來，摩登的太陽眼鏡全無用處。有一天我發現工程用的護目鏡正合我意，它有大片的反光鏡面，側邊整個包過來，我自己的近視、老花二合一眼鏡就戴在裡面，簡直太理想了。開著佳美莉雖從未享受馳騁的快感，但視線良好，安心許多。

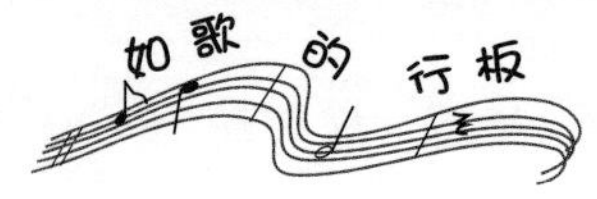

一次在等紅燈的空檔，感覺旁車有人在揮手招呼，原來是在語文學校認識的一位日本太太，搖下車窗，她對我豎起大姆指，說：「神風特攻隊！」什麼，那不是世界大戰時的自殺式飛行員嗎？眞是豈有此理！轉而一想，年輕的日本女性大概沒有歷史情結吧，倒是反觀自己——保守的車型、特慢的車速，駕駛人卻是個神風打扮的歐巴桑！

佳美莉一週歲的時候還跑不到八千哩，若不仔細看那整容過的正面，還光鮮亮麗得像樣品車呢！但據說像我這樣總在近距離慢走反而磨車，對車子不見得好。期待我能有「藝高人膽大」的一天，和我的佳美莉在高速公路上風馳電掣，眞正「神風」一番！

人間天使

師大紅樓映照青春飛揚的我們，莉莉總是笑容可掬……

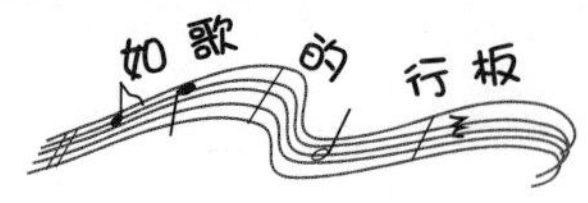

決定移民，表面上的理由是陪孩子讀書。但是，在臺北生活了大半輩子，職場生涯、鄰里、朋友，像大樹盤根錯節，牢牢地扎在這塊土地上了，中年移民，揮別所有熟悉的一切，像一棵搬離母土的盆栽，究竟是為了什麼？

往年我常在寒暑假往返於臺北、舊金山，探望住在這兒的媽媽和姊妹們，等候綠卡的這十幾年間，倒也從未認眞地想過移民這回事。而度假的時光總是那麼寫意，多元的文化和人種又是那麼多姿多采，還有北加州那全世界最棒的天氣，在在都吸引著我。加上親人殷殷的召喚，於是在接到綠卡之後，自然選擇了灣區作爲落腳之地。

大學時最要好的同學陳莉莉就住在聖荷西，還有黃美星，離媽咪那兒只有兩個交流道；陳瓊貞稍遠一點，和大姊家距離數條街而已。對我而言，半小時、一小時的車程簡直像是從臺北開到新竹、臺中似的，但，他們大家都還說：「很近，很近！」呢。

我這個一向憑感覺做事的人，準備移民的千頭萬緒卻似乎滿順利的。藉著網際網路之賜，我的專欄寫作得以在地球的彼端持續不輟；中華奧福教育協會理監事會順利改組，卸下了理事長之職；四本古典音樂專欄集結的書籌備出版、上市…… 我慎重地爲自己的前半生行「告別式」，還規劃了以音樂和寫作爲主軸的「退休生涯」，想像著用加州陽光夾三明治、以四季顏色配我衣衫！

可憐這個浪漫多情的美夢就在到達美國的第二天，駕新車撞破自家車庫門的同時也撞了個粉碎，和嚇破了的膽子一樣，不知何時才能修補完好。

兩個星期後，「爸爸」牽腸掛肚的卻不得不回臺灣。他實在擔心我可能會在放學時間忘了接小孩，也擔心我燒掉了鍋子甚至房子。「爸爸」這樣操煩其實有點道理，我自以爲具備的一身本事，在這裡完全派不上用場。相反的，生活上必要的功夫如開車、算帳、廚藝、園藝等等，每一項我都差勁無比，就像智商只剩一半、肢體也有些殘障似的，在一個全然陌生的環境裡生活，內心充滿了不安全感。

我兩位親愛的妹妹同情這個年近半百、一切重頭學起的老姐，當學校有晚上的家長會議，和入秋第一場陣雨的放學時間，都不辭辛勞開車轉三條高速公路來接送我；妹夫也曾把媽媽送來幫我煮飯兼作伴。而每次出遠門更不用說了，總要勞師動衆地來上一段大隊接力，內心深感愧疚，也著實氣餒。

莉莉經常開車數十分鐘，帶我欣賞音樂會、聽演講，也吃美食，恍若回到大學時代的詩、書、琴、藝氛圍，也讓我大大地見識到灣區不同於臺北的文化刺激。但當我對照地圖認路，才發現由南到北、從東到西，這大大的「之」形路線可是從莉莉忙碌的時間表中壓縮出來的！眞難爲了她。

莉莉爲我做的不只這些，連她的先生Alex也派上了用

場，美國式的男人對於屋頂、籬笆、水管等等工程好像具有一定的天賦，也虧得他熱心又仁慈，幫忙解決了不少問題。其他還有保險、貸款等惱人的文件，看不懂的信函，也少不得他耐心說明和指點。有幾次我添購腳踏車、書桌這一類說大不大、說小也不太小的物品，就不但要借用他的小貨車，順便連司機兼搬運工也「三合一」都服務到家了。

「受滴水之恩，常思湧泉以報」，我所接受的又何止「滴水」而已！但住在美國這幾年，雖說生活能力稍有進步，仍然繼續的依賴著他們倆。除了每次從臺灣回來美國時，記得帶莉莉愛吃的麻糬給她之外，我無以回報。

曾跟著莉莉去聽福音講座，我記得結束時牧師的一句信息：「耶穌說，要帶你來天父的家……」非基督徒的我尚不能領受這句話的眞義，但我確確實實看到天使，親切甜美，在顚簸難行的移民路上引導著我，前行復前行。

偶爾翻看年輕時的照片，師大紅樓映照青春飛揚的我們，莉莉總是笑容可掬。在歲月的淬煉下，如今的莉莉除了善盡一家之「主婦」的職責，擁有三個極其優秀的孩子，更將她的專業專長發揮在教會的奉獻，身體力行的傳播福音，像一位行走人間的天使。

在畢業紀念冊的扉頁，有我這樣的詩句：

他年應記

歡情曾繫

歲月都成繁花

在記憶中投影……

我怎麼寫過如是優美的文字？也不記得哪裡抄來強賦詩情之用？仍然欣賞字裡行間那淡淡的離愁，只是如今，我們何幸並不是記憶依舊，而是歡聚在當下。

飛向彩虹

記憶中臺北的天空好像不曾見過彩虹，
也許在陽明山的人工噴泉，從某個角度
確實也可看到一彎彩虹吧？

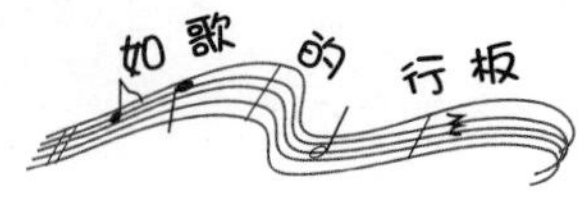

茱蒂嘉倫的歌“Over the rainbow”，是二十世紀最受歡迎電影主題曲「百年百首歌曲排行榜」（100 years. Top 100 songs）之中的第一名。

Some where over the rainbow

Why up high

There's a land that I've heard of

Once in a lullaby

學會唱這首歌是在初中時期的英文課，當時年少初識，就已深深地被它吸引。彩虹，那只有在夢中出現，縹縹緲緲遙不可及的幻影，成了心中秘密角落私藏的印記。在歌曲的最後：鳥兒振翅遠颺，飛向彩虹的彼端，而爲什麼、爲什麼我卻不能？……反覆的追問，更增添了彩虹那不確定性的美感。

眞實生活中與彩虹邂逅，是在某一年帶學生「音樂遊學」行旅於歐洲。我們追循著貝多芬、舒伯特、布拉姆斯等音樂家的足跡，走訪他們的故居，坐在他們曾經流連的咖啡館，心裡的狂喜，眞彷彿與他們處在同一個時空！有一天乘坐巴士由薩爾斯堡穿越捷奧邊境往布拉格而行，雖是邊陲地帶，那鄉間風景你隨便用手在眼前圈成一個框，那就是一幅名畫了！車子每轉過一個彎，就引來孩子們一陣陣讚嘆的驚呼。爲我們導覽的維也納大學生卻訝異於這樣的大驚小怪，在她看來，那不過是尋常景致罷了。

途中下起一陣驟雨，大顆大顆的雨點，鋪天蓋地的聲勢著實嚇人，不過夏日陣雨來得急，去得也快，當雨過天青，翠綠的山巒懸掛著一道，不，是兩道，璀璨斑爛的彩虹！映照山谷中的紅瓦白牆，這不是夢境麼？那綠野仙蹤的美景就「亮」在眼前了。此時此刻，內心不禁油然升起一股聖潔的感動。

記憶中臺北的天空好像不曾有過彩虹，也許在陽明山的人工噴泉、也許在洗車時擎起的水柱，從某個角度確實也可看到一彎彩虹吧！

自從在美國西岸這個美麗的海灣城市定居下來，安頓好一切之後才發現，原來從住處走出來兩個路口，就有一條名爲「彩虹」的馬路，每天的食、衣、住都少不得要行過她。彩虹路是一條東西走向彎彎曲曲的路，貫穿兩個南灣大城，路的西端是庫菩提諾市Cupertino，東端卻是「西」聖荷西市West San Jose。所以，如果要指引朋友來訪，絕不可只說「彩虹路上」，而要加以說明哪個城市的彩虹路，以免朋友徒勞奔波。

彩虹路也的確不枉費她的美名。一年四季，兩排行道樹饗你以不同色彩的繽紛，沿路家家戶戶宜人的庭院也都不乏巧思與佳作。西端往山的方向，是漂亮的「七泉」住宅區；東端的盡頭則是名聞遐邇的「林布魯克高中」。在不下雨的日子，我也曾乍見彩虹，相信是陽光穿透了高空凝結的水氣吧！老天獨厚加州，不必淋雨也有彩虹可欣賞。

初期，行過彩虹路卻是我的夢魘。因爲她橫跨此地區最重要的兩條幹線——迪安薩大道和85號公路，交接處形成兩個連續彎道，對技術欠佳的我是個不小的考驗，剎車不是踩少了就是踩多了，油門不是加多了就是加少了，自己心驚膽跳，別人也覺險象環生。小女兒剛來時，得越區去上「海德初中」，天天上學都在彩虹路上當個無可脫逃的乘客，繫緊安全帶是唯一保命之途。

時序更迭，秋去、冬盡、春又來，生活上的跌跌撞撞讓我無暇顧及葉落花開等等賞心樂事。猶記得開學說明會上和女兒面面相覷的兩張苦瓜臉，不會看功課表也看不懂成績單，我們會讀、會寫、會說的英文程度，整堂課上卻只聽懂百分之二十而已，令人洩氣極了。第二年，高中（九年級）的入學說明會，我仍是苦瓜臉一張，女兒倒已乾淨俐落地打點好自己了。有一次竟然歡呼：「眞好！又是一個充滿希望的星期一！」讓我好不訝異，人家不是有“Blue Monday”的說法嗎？顯然她很樂於上學。

「媽！妳記得嗎？去年秋天開始落葉時，我心情很不好，我想那就是『鄉愁』！」

「那妳現在還有鄉愁嗎？」

「還有啊！不過好多了，現在比較踏實。」

脫離了英語非母語的輔導課程之後進入正常學制，正好銜接到這邊學區的「蒙他維斯塔高中」，行經彩虹路就不再是每天必需的功課了。只有在赴圖書館時、陪女兒上小提琴課時，持續行在彩虹路上，逐漸駕輕就熟。又隔一年，我們兩人一起在租用林布魯克高中教室開辦中文學校的機構裡當志工，樂在學習，樂在生活，也樂在其中。

彩虹之於我，早已不復憧憬，而是踟躕移民路上，踏踏實實的一步一腳印。

媽咪的幸福主義

與致來時為我們烹調美食，或隨興為我的小狗編織一件背心，看到別人開心，她就很快樂。

寧靜的舊金山海灣小城，像是突然被一顆大石投中湖心，激起滔天巨浪── 一位才自此地高中畢業赴東岸上大學的女孩子，從紐約市中心一幢大樓跳下來，結束了方才二十歲的年輕生命。

女孩在此間很有名，不只功課優秀，田徑和球類運動也棒，課外還長期幫忙小學生的球隊訓練，是很得人緣的大姊姊。

社區一片惋惜聲，所有的猜測不外乎功課壓力？感情困擾？家庭？朋友？等等、等等……

「怎麼會呢？她那麼幸福，那麼美滿。」

只要想到那如花般燦爛的笑臉、那似錦的光明前程，一切的一切，就這樣輕飄飄地消逝了。二十四層的高樓！想了就叫人忍不住地心痛！

隔天，住在另一城市的媽咪打電話來，她必定是看了中文報，急忙要找我兩個女兒講話。

「生命很珍貴啊！阿嬤種的花只要開了一朵，看了就好感動。一朵花、一隻小鳥，都是生命呢！像阿嬤這麼老了，每天都還有好多事想做，妳們年輕，生命要好好地用啊！有什麼願望，努力去做就做得到，最重要要珍惜自己啊！」

女兒們能不能體會外婆的「苦口婆心」我不知道，但聽媽咪一番話，我倒是深深感到安慰。媽咪能這樣開導孫女兒，足見她也能開展自己的心情，開拓屬於她自己的人生境界。

媽咪定居在美國已經二十幾年了。爸爸去世時媽咪大約是我現在的年紀。對一輩子只知相夫教子、勤儉持家的家庭主婦來說，中年喪偶，該是如何的戚戚惶惶不可終日？媽咪是怎樣走過來的？而，又是什麼力量在支撐她，

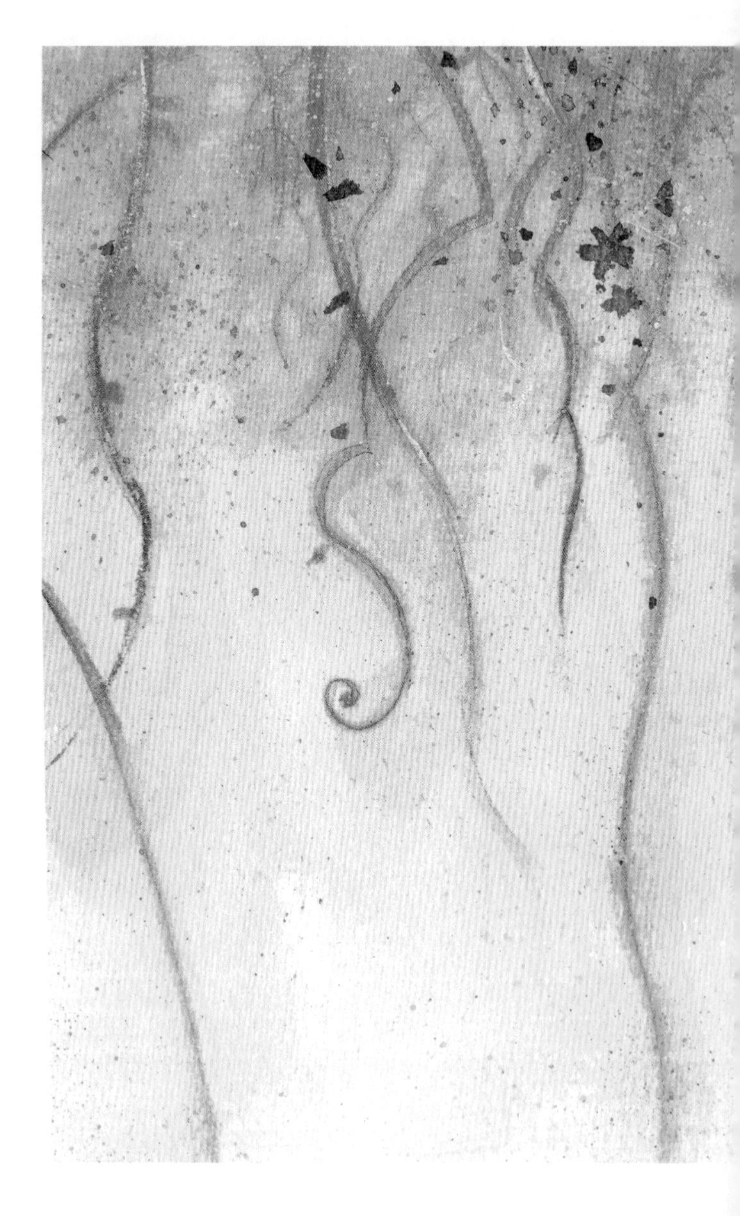

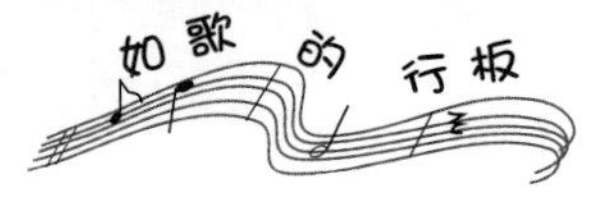

晚年有這樣難得的輕安自在？

我倒是不會用樂觀、開朗這樣的字眼來形容媽咪，也談不上有什麼豁達的人生觀。細數這漫長的孀居歲月，由於凡事不計較、不鑽牛角尖的好個性，使她具有一種隨遇而安的生活態度，而她常常說「有幸福的感覺」，只欣賞「有」的，而不奢求「沒有」的，正是知足常樂的典型。我有時想想，媽咪一直都只管向好處看、往好處想的「阿Q」精神，實在也是一種美德吧！

喜愛閱讀更是媽咪的幸福來源之一，唸女子高中時期就熱愛的讀書和寫作，使她在這人生的向晚時分，仍保有豐富多采的內心世界。她說她不愛看電視，因爲那是「人家叫你看什麼你只好看什麼，不像讀書，是你想愛看什麼就看什麼。」我見識到了媽咪原來也有很強的「自主性」。就像她最鍾愛的音樂類型是鋼琴曲，她的評價是「可以很單純，也可以很華麗」。對媽咪的鑑賞力，我不但刮目相看，也實在佩服之至，閒暇所作的娛樂好像不只是娛樂而已。

高齡的媽咪，日文是她的第一語言，就像我們從小學習「國語」一樣。所幸在美國加州，日文書的來源並不缺乏，與日本文壇的脈動也很貼近，媽咪可以很快的訂購到她想看的書，這也常令她「有幸福的感覺」。她還努力地用中文記下讀後感，以便與我討論、分享。透過媽咪的閱讀，夏目漱石也成了我最景仰的日本作家，另外有些不甚了了的近代作者卻也有不少勵志和記錄的小品，深得我心。有一次聊到村上春樹，女兒都讚嘆不已：「阿嬤很時髦喔！」

至於整套《紅髮的安妮》我讀過中譯本，對照媽咪的日譯本和女兒的英文原著，我們都不禁心嚮往之，也憧憬著有一天必定要造訪那故事發生地——加拿大的愛德華島。

媽咪徜徉書海、悠游於園藝；興致來時爲我們烹調美

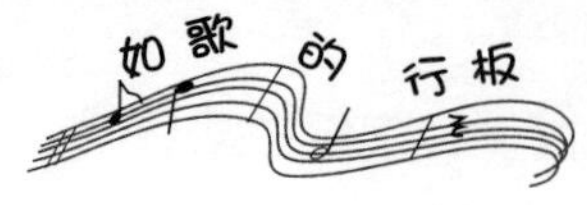

食，有時也爲我的小狗編織一件背心……她並不喜愛熱鬧，但也不孤僻守舊；身體上雖偶有病痛，心理上也難免寂寞，卻仍能歡喜自在地過著踏實的晚年，擁有了自己的一片心靈天地。

所以，當媽咪說出：「生命是寶貴的！一朵花、一隻小鳥都是生命啊……」我一點也不訝異，只是更多了一層感動。

感恩上蒼的眷顧，我這樣一個中年女子，有年輕的女兒和老年的母親，從她們身上，我擁抱著無限的慈愛恩惠。

紫色教鞭

紫，是青與紅的混合色；而那教鞭則是無形的，無時無刻不在鞭策著她自己。

夏老師是灣區赫赫有名的一位家庭教師，專教英文寫作。帶著孩子去向她求教的家長，說「絡繹不絕於途、門檻爲之踏穿」絕非誇大之詞，但是她的學費高得嚇人，「兇」名也是人人皆知，有家長說：「捧著錢去拜託呀，還討罵！」言談之間帶著批判，但也有更多的折服。

究竟何方神聖，又，這麼多的人都吃飽了撐著嗎？「英文寫作」，對在美國長大的孩子何難之有，有必要這麼crazy嗎？

夏老師的背景是臺灣輔仁大學唸英國文學系輔修大衆傳播，畢業後赴洛杉磯加大修語文教育碩士後，曾回臺灣在大學教英文，後因緣際會的定居加州，二十多年來竟走上了教美國孩子英文寫作這條路，還闖出了名號，這在她自己的生涯規劃中倒是始料未及的。學生有白人、第二代華人和各種不同的外族裔，也有少數像我們這樣的新移民，足見夏老師有幾把刷子，不是個省油的燈。

第一次陪雅安進了夏老師的門，老師誠懇地表示歡迎家長旁聽，但我一看，老師雖長得清麗嬌小，表情卻有些嚴峻，我感覺有壓力，忙告辭出來。兩個小時之後去接雅安，看樣子不大妙，果然一進車內，眼淚就像決了堤似的，成串的往下掉。

「我覺得我好差勁哦！完蛋了，完蛋了。」

「別這樣嘛！我們就是不行才要來補習呀！」

「老師好兇哦！」

那時候雅安已十一年級了，自從八年級來到美國，找過的家教也有好幾位，有白人女士、有第三代日裔美人，有的一對一來家上課，也有小班教學、同學之間有討論有互動的，各階段我看她都有可喜的進步，從來也沒被嫌過，更別說罵了。

我安慰她：「已經十一年級了，可能也該下點猛藥，以前的老師太nice了，進步得少，對妳幫助不大，我們忍著點，咬緊牙，跟上老師的要求也是應該的。」

她點點頭，硬是把眼淚吞進肚子裡去。雅安就有這麼個優點，算是個受教的好學生，雖不機伶，也沒什麼創意天分，但做事按部就班、認眞盡力。我心想，我的孩子雖非天才，至少也不是個笨蛋吧。

夏老師倒也深諳「因材施教」，對程度不好的學生偶爾刺激一下，培養些危機意識；而對那些眼睛長在頭頂上、自以爲是的美國土生土長的孩子，就請他領教個「下馬威」，挫一挫驕氣。

雅安因此在夏老師門下受到很好的調教，老師雖不是「春風化雨」型，但從很多小地方可體會到她愛護學生的心。

夏老師上課採一對一方式，但她還慎重其事地租了一間辦公室，而且多擺了幾張書桌讓學生和她自己都有足夠

寬敞的空間。書櫃上滿是爲學生準備的教材和工具書，餘下不多的牆面和角落則佈置得恬淡典雅，這才驚覺，老師原來酷愛紫色！不僅桌上的盆花、鉛筆套，到椅墊、中國結，連她自己的書包、外套等等，都是深深淺淺不同層次的紫。架子上有白紫相間的手工摺紙天鵝，水晶雕像旁則貼了一張粉紫色的標語：Touch only with your eyes！（請勿動手的意思）眞是細緻的叮嚀！

鏡框裡是老師的家庭照，夏老師穿著合宜的窄裙，紫色披巾使她看起來別有一番風韻，或許是因爲旁邊站著的，是她那穿著博士袍、又高大又體面的兒子吧！

我猜想夏老師的日子一定過得不輕鬆，每個學生一堂課兩小時，家長們基於現實考量，難免分秒必爭、字字計較。我看過夏老師批改的作文，三種顏色的細字筆勾勾畫畫，哪兒用字不當、哪裡文法嚴重錯誤、哪個字重複使用又用得不高明……至於結構鬆散的毛病則要耳提面命以對症下藥。她感嘆現在的孩子生活太過平順，大多缺乏思考，常常得挖空心思提醒他們在自己貧乏的人生經驗中找出特色來發揮，瞭解自己的長處、特質，也要有社會責任感、關懷等等，令我大為佩服！這豈只是一位「作文老師」而已。

我所知道的就曾經有學生在校中與老師有點衝突，夏老師受家長之託走訪學校，順利解決了學生的苦惱，還博得了老美教師的敬意。另一個學生是在學校成立「太極社團」，夏老師又是古道熱腸的去幫忙，不但要學生懂得如何組織社團，更要培養領導能力，連怎樣能吸引同學們有興趣來參加，也在規劃之內。

在這些學習過程中，孩子的獲益當然就不止於寫作技巧了，家長也多半心悅誠服，我則見識了篤信天主的夏老師有一副菩薩心腸。

雅安很幸運的，被夏老師賦與了「秘書」的任務，在假日替老師書信打字、上網查資料、做統計、表格等等，鐘點費比麥當勞或珍珠奶茶高出許多，但我心中明白，這不是因爲雅安有多麼能幹，而是老師基於愛護，刻意找出孩子的優點，讓她建立信心，不然，老師哪裡會缺人做這些事呢！知道雅安有意選讀社工或大眾傳播的科系，夏老師便介紹她進入一家電臺去見習，學學如何與人應對，學學工作態度。這些點點滴滴，我都銘記在心。

紫，是青與紅的混合色，熱愛紫色的夏老師卻令我聯想到，律己甚嚴的她是不是常要記取生命中的淤青與淤血？它們往往留得很久，又褪得很慢，就像她手中那無形的教鞭，不是爲別人存在而是無時無刻不在鞭策著自己。

雅安是不是能進入心目中的名校？大學申請的文章是否能洋洋灑灑打動人心？我想都不是我們所要追求的目標了。可貴的是這一段和夏老師在紫色光環之中的相處，相信會是雅安成長歲月裡，豐富的一個篇章。

美國路

當「半月灣」的路標出現，六線道的公路行至山頂，視野開闊了起來……感覺自己開的像是飛機呢！

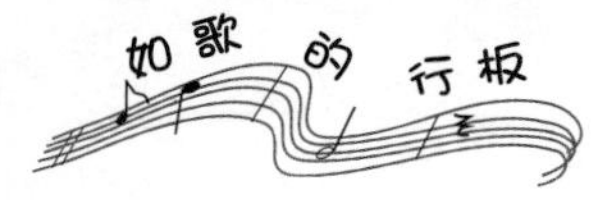

史蒂芬斯溪Stevens Creek的源頭在庫市西端，蒙他維斯塔高中就座落在那半山腰上。雅安讀高中第一年的時候，生物課老師曾經帶他們深入水源，探測溪水成分，同學們也曾相約在外圍的森林拍影片或採擷資料，完成一些作業。我因爲接送他們而知道了這個好地方。暗自慶幸以爲遇到了罕見的「市」外桃源，但據說每天清晨這兒十分熱鬧，因爲早起走路的市民也特別鍾愛在這裡作「森林浴」的緣故。

因此我猜想，史蒂芬斯溪「大道」Stevens Creek Boulevard是不是就蓋在眞正的「史蒂芬斯溪」上面？就像我們臺北市的新生南路之於瑠公圳吧。路上已不見河流蹤跡，人類爲自己民生大計拚命追求商業、經濟的發展，便將微小生物賴以存活的命脈埋到了地底下。但願牠們仍然能適應生存，而演化出一套生物鏈來。

這條大馬路也是庫菩提諾市的生命線，從最西邊的郵局、超市、日用品大賣場，沿路還有銀行、加油站、中餐館、速食店。中段到了市區外圍，更可見一家家超大型汽車展場和門市部，本田、道奇、賓士、豐田……一片繁華榮景。

穿過聖湯瑪士快速道路，右手邊的連鎖書店名叫邦森諾堡，柯林頓發表新書時，親自來這裡辦了簽名會；再前行到了溫徹斯特路，兩邊各有一個著名的薇利斐和聖塔那購物中心，附近還有一個叫「神秘點」的觀光區，所以在假日，特別是拍賣季來臨時，汽車流量之大，甚至影響到280高速公路的車速。

進入聖荷西老市區之後，路名改成了聖卡洛斯，建築物多了起來，歌劇院、博物館、畫廊都在這一帶，新落成的「馬丁路德．金恩」圖書館據說是加州最大的圖書館。然後，穿過聖荷西州立大學的校園，主幹線化身爲鄉間小道，往東邊山頭迆邐而去了。

很少人會把史蒂芬斯溪路從頭走到尾，因爲南280的高速公路與它平行，一般人即便只是兩個交流道也要「殺」上高速公路，爲的是不耐等候紅綠燈。我卻是少數人之一，朋友會吃驚地說：「啊！妳走 local 啊？」

當雅安的時間表在忙碌中漸趨穩定之後，雅茵正申請研究所，爲了轉主修、補學分等繁瑣的事奔忙於聖荷西和舊金山，我便暫時權充司機。

去聖荷西州大時，由雅茵開280約二十分鐘可到學校，老媽則循史蒂芬斯溪路用上一小時回家。下課了，我再開一小時到校，換坐乘客座，由雅茵開回家。

去舊金山呢？雅茵走85、237、880約三十五分鐘到捷運站，等她乘捷運到了學校上第一堂課時，我可能還在回家的路上！因爲我走佛利蒙大道、密爾必達大道，然後聖湯瑪士快速道路接史蒂芬斯溪路，沿路穿越大城小鎮，也有荒郊野地，行程一小時三十分鐘，別人笑我「吃飽了沒事幹，浪費時間！」天知道我可是戰戰兢兢一點都不敢大

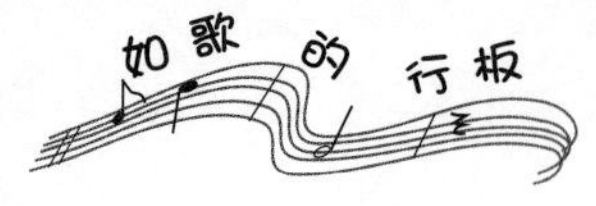

意呀！

走local遇到紅燈是很開心的，可以動動脖子，舒展一下筋骨，不過長久下來，實在也是苦差事一件，覺得自己像一隻勤勞又固執的螞蟻。

直到雅茵在舊金山租屋，我才卸下了一半的負荷。她的技術和方向感都比我好太多了，買車之後，更是大大的慶賀：終於脫離了和媽媽「連體嬰」似的牽絆，還她自由。原以爲學藝術的人不修邊幅，她倒是精心佈置她的愛車之外，更勤於清洗、打蠟，還不時地告誡我：「媽！妳進車庫要小心哪！角度要抓好。」

孩子開車，是一種形式的「主權宣告」，在美國的小孩十五歲就可以有學習執照，十六歲已經開車滿街跑，所以家有teenager對父母來說是修鍊身心、考驗愛心與耐心的時期。雅茵已成年，又兼有臺灣技術和美國的守法，我這個稍嫌遲鈍的媽媽算是運氣不錯的了。

一年暑假，雅安有一門課要在聖馬刁學院上，六個星期每週四天，每天兩趟我開在北 280高速公路上，這是我有史以來最大的突破。280不像一般高速公路筆直而單調，它沿著山坡、谷地，彎彎曲曲、起起伏伏，但卻不像一般山路的驚險，由於交流道不多，車況也不複雜，沿途景緻更令人心曠神怡。在「半月灣」的路標出現那一段，六線的車道行至山頂，令視野開闊起來，遠眺對面山巒，雲彩和山嵐每天都有不同的丰姿，行駛在這條路上，感覺自己像是在開飛機呢！

美國的高速公路四通八達，可以看出這個國家的富庶強盛，但也因為這樣，石油遂成了國家命脈之所繫，這也就難怪中東產油國的局勢動向，一絲一毫都牽動著美國政府的每一根神經，甚至為了石油不惜大動干戈，不管檯面上的理由是什麼。

作為一個美國的城市居民，使用公路便捷之處遠多於困擾，從道路的規劃到號誌的設計，即使是塞車或修路也是如此，我想這要歸功於絕大多數人的守法和守秩序。

比起動輒橫跨數州的州際公路來說，我的「美國路」之體驗簡直是滄海一粟、微不足道了。在美國路上奔馳，想像也隨之飛揚起來，美國作家史坦貝克以傳奇的「66號公路」為背景的小說創作，高速公路所代表的，是駛向財富、名聲和自由、冒險的逐夢之路。夕日映照著蒼涼荒野、星光輝映的旅店霓虹，昔日那疲倦過客所擁有的浪漫時空，卻是如今的人們只能遙想、緬懷的了。

3.

從事志工，體會「施

「施永遠比受更有福」的感動

愛心快遞

他們傳送著愛心和溫暖，自己更是回收了滿懷的歡喜。

你有沒有想過，當最受小朋友歡迎的童話人物——聖誕老公公挨家挨戶分送著歡樂和愛的禮物時，那不畏風霜雪雨、不怕路途艱辛的馴鹿是不是更惹人憐愛？更令人敬佩？美國防癌協會北加州華人分會就有這麼一群任勞任怨卻歡喜承受的可愛馴鹿，他們的名字是「開車義工」。

2004年新春，我為《談癌季刊》這本雜誌約訪了幾位義工，帶讀者深入瞭解他們的工作性質，以及癌友和家屬們如何尋求幫助等等，當然也談到他們義工生涯的喜樂和困擾。

訪問當天，北加州一掃連日的陰霾，太陽露出燦亮的笑臉，像極了受訪的芳、君、蓉、瑞，想必當一位義工令她們實踐了「人生以服務為目的」的銘言，並且從中體認到心靈的豐富和美好。其間她們轉述了未能列席的義工心聲，也提及一直「精神同在」的前幾任召集人，像是蘭珍、仰止、鵬萬、淑芳和立宇等人。

芳是目前南灣開車義工的總召集人，手上有一大疊義工名單，當協會傳來有人需要幫助的訊息時，她就在名單上依住家、醫院遠近和時間上許可的義工打電話安排。

什麼樣的機緣來當義工呢？

聽到這問題大家不禁相視而笑，每個人進入協會的原因不一，但「有緣」是共同的一點。瑞是標準的自投羅網，從報上看到招募義工，去買菜時就順便報了名，就這麼簡單，這工作符合她愛開車、做自己能掌握事情的個性，又能助人，做得很快樂。君是在剛搬來庫市時，看到鄰居太太每天忙進忙出卻又不敢開高速公路，有時找她幫忙開車接送病人就醫，那位太太就是立宇。於是，一個不太會看地圖，一個不太會開車，這樣「二人三腳」地當起防癌協會的義工來，這一做，轉眼也十年了。蓉是中文學校的老師，以前總認爲該等孩子大了才能當義工，其實並不，當義工的時間有彈性，接觸各式各樣的人，有不同的脾氣、個性，觀察起來有很多人性可愛的一面，孩子小時可帶著他們一起做，感想一起分享，家人會更親近，對孩子也是很好的身教。

義工名單上有各色的標註，分別註明「比較好用」的義工，或是失聯許久的人，但也有失散之後又歸隊的，因此，總召集人若沒有三兩把刷子是做不來的。義工們普遍都覺得：「病人家都離我家不遠。」這當然是芳先做了「功課」用心安排的結果！

接送什麼樣的病友？有些人是自己來向防癌協會尋求幫助的，也有由社會單位轉來需要幫助者的名單，協會先過濾，考量的依據是家人無法開車接送？而病人自己有活動能力的，就會轉介開車義工的總召集人來安排接送病人往返於醫院與家之間。開車義工並不參與醫療照護與醫療建議。

談談當一位開車義工的甘苦吧！

大家這次是異口同聲：好像沒什麼「苦」耶！大部分是喜悅的感覺，完成一件事情的喜悅，尤其在接送的過程

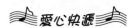

中自己也有所學習和成長。君剛開始當義工時因不擅長看地圖，常勞動她先生前一天帶一次路，第二天再自己上路，現在有導航系統，方便多了。蓉則碰到過一位老太太只說廣東話，還不是普通的廣東話，完全無法溝通，老太太熱心地指揮路線，不依她又不開心，這時候只好安下心來，想想她高興就好，多花時間沒關係。

偶爾也會有緊張場面發生，像是將病人送到了醫院，各項檢查多耗時間，必須由另一位義工去接，而這位來接的人又不認識被接的人，只拿著一個名字滿醫院找人；也有病人的朋友或家人已把他帶走的，唉！緊張，緊張，緊張，託天保佑幸好都順利過關。這種情況樂天的瑞有她的自處之道：「給他銅板、手機號碼，交代他好了叫我，然後以逸待勞，在車上啃瓜子、看書，不急不急！」

碰到過什麼困擾的事嗎？

有人不相信有「義工」這種人，認爲怎麼會有人做事不爲酬勞？也有人爲了表達感謝要送東西，這是絕對不能接受的。另外有病人對病情有所隱瞞，讓我們的幫助增加了困難，不過這種情形不多見，比較常有的是對醫生抱怨這抱怨那，我們不好照樣翻譯，這時候就有點為難。

解讀幸福人生

開車接送病人所面對的不是生、死、醫療的問題，而是各式各樣的人生故事，義工們的初發心都是樂於助人，但到了後來，會發現自己的收穫更多。君能理解那位總叮嚀她要提前兩小時來接的老太太，是因為沒有安全感，對路況、對病情都緊張不安的緣故；而蓉碰到一位十分客氣的伯伯，對義工的服務很過意不去，蓉便編個理由說只是順道啊、順便去那裡辦事、順便去看朋友等等；瑞則認為能夠助人最快樂，比起別人所受的痛苦，自己的煩惱算什麼？心就開朗了。

大文豪托爾斯泰說過：「什麼樣的人生最幸福？能服務他人的人生最幸福！」您以為呢？

註：防癌協會駕駛義工分布於北加州灣區各處，有東灣、南灣、中半島，長期參與的義工團隊人數眾多，未及一一列載，僅以南灣為代表的訪談，表述義工們的辛苦與善心。有位東灣義工曾經以一句話涵蓋了心底的熱情，那就是：「甘願就好」。讓我們為這群善良的心靈，致上感謝與祝福。

義診醫生，媽媽的baby sitter

醫生問他媽媽吃飽了沒？餵她吃一口西瓜，像一位慈愛的老爸對待心愛的小女兒一樣。

七月炎陽下的莫德斯度，放眼看去，全是墨西哥族裔的面孔。這是美國北加州一個以農業爲主的小鎮，居民並不多，但依著季節性的農作收成，會湧入極大數量的墨裔農工，他們有如逐水草而居的游牧民族，也像追隨時序而遷移的候鳥，而最大特色是收入不高，絕大部分的人沒有居民身分也沒有健康保險。美國社會需要他們的勞力，卻無暇顧及他們的福祉。

慈善機構本著「人苦我悲、人傷我痛」的濟世本懷，恆持的伸出援手，定期舉辦的義診遂成爲這些貧病農工的健康守護者。

因爲這個慈善機構發源自臺灣，很自然的以華裔醫生爲服務的主力。

但見一位八十一歲來自臺灣的老太太，從頭到尾坐在候診區，對走過她身邊的人都親切地招呼：「來坐啊！」她是這一天來參與義診的宋醫師的母親。

老太太有著早年「先生媽」的高雅氣質，態度謙和、親切，臉上的笑容顯現出這般年紀的人少有的純真，原來，老太太近來失憶得厲害，除了一貫的「教養」之外，心智已逐漸退化似孩童。難怪宋醫師打趣說：「我是我媽媽的 baby sitter!」

當宋醫師工作有點空檔，志工招呼他進去用餐時，坐得遠遠的宋媽媽就像個走失了的孩子找不到媽媽那樣驚惶起來，全程陪著她的周醫師太太趕緊帶她去找兒子，看到宋醫師果然在吃飯，開心的笑了。宋醫師問她吃飽了沒？餵她吃一口西瓜，好像一個慈愛的老爸對待他心愛的小女兒那樣。而宋媽媽對衆人豎起她的大姆指，誇著自己的兒子，說：「伊的頭腦啊！一級棒！」雖自豪，卻也滿臉的孺慕之情。

這幅顛倒的「老、小」親情畫面背後是有故事的，與宋家相識近二十年的友人說，宋醫師的太太在子女都長大成人後就成了宋老太太「全日陪」、「全夜陪」的看護，

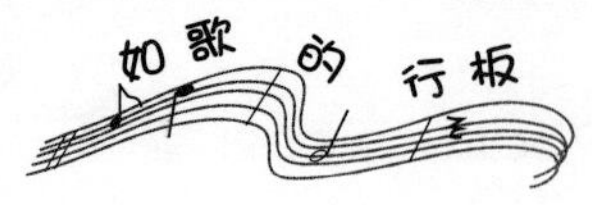

因為宋醫師得上班，所以陪睡的任務全由太太擔待，體貼的宋醫師在週末輪當媽媽的 baby sitter，讓太太喘口氣之外，也可以去看望她自己也很年邁的雙親。

對宋醫師來說，帶著媽媽出來義診服務，和他與朋友打高爾夫球都是一樣的。宋媽媽雖不揮桿，但也是盯著兒子全球場走，那時，就有勞周醫師太太這樣親近的好友作陪了。

宋醫師每天親自為母親洗澡更衣，視為日常最重要的工作。友人們談起這事，都肅然起敬，不由得升起一陣有如參加了「浴佛大典」莊嚴場面所帶來的感動，宋醫師卻說得平淡，認為不過是平常事而已。他說：「就是baby sitting啊！」

宋醫師夫婦在生活中實踐了「人醫」的大愛，「人子」的真孝，人格閃現著神聖、動人的光輝。

流浪者之歌

「你猜你什麼時候會被人認養？」十來歲的孩子互相詢問著。這些尚未綻放的花苞一般的生命被迫面臨著不可知的未來。

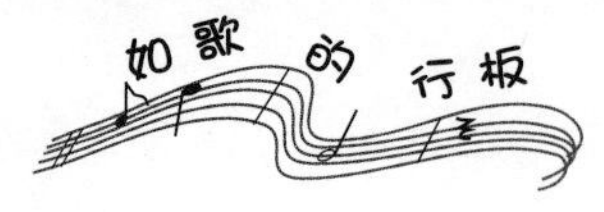

聖荷西市中心的教堂門口，每個星期天清晨有例行的食物發放，無家可歸的遊民可以在這裡領取一份食物，得到暫時的溫飽。

有人以爲，給流浪者食物只會助長了人類的惰性——好吃懶作，可能帶來惡性循環。但是，參與這項工作的志工們都知道，絕大多數的人是在極不得已的情況下，才會「手心向上」地來吃這一口免費的食物。他們因著各式各樣不同的原因而流浪街頭，有的人因爲沒有一個完整的家，有的人攜家帶眷的，卻沒有一片可遮風蔽雨的屋頂，還有的是缺乏積極進取的人生觀而選擇了逃避……。

發放的地點由教會提供，擔任志工的卻是來自一個佛教組織的慈善機構，成員們無論宗教、種族，也無分所來何處，共同的是一份慈悲喜捨胸懷，同爲「在地」有難的民衆捐輸一點一滴的愛。

在送上食物的時候，「請」、「謝謝」的問候聲此起彼落，服務者親切有禮的態度或多或少的潛移默化了遊民的心，食物不僅給了他們滿足，也帶來人性應有的尊嚴。

曾經帶著遊民的孩子們做手工製品，發給他們一些木條、竹片，發現大部分的孩子蓋起了小小的房屋，那是他們小小的心願——渴望有一個家。也曾有十多歲的流浪孩子互相詢問著：「你猜你什麼時候會被人認養？」這些尚未綻放的花苞一般的生命，被迫面臨著不可知的未來，令人心疼極了。

有時候，等著領取食物的隊伍排得很長，不免令人憂心：是景氣不好嗎？會有更多人受苦了！有時遊民人數變少，志工們的心情又有點欣喜。一盤盤傳遞著的食物，牽連的是施者與受者緊密的心靈交流。

一向熟悉的面孔彼德，最近看不到了。「他找到工作了嗎？」

派崔克生了重病，在等候慈善醫院的收容。「他是否

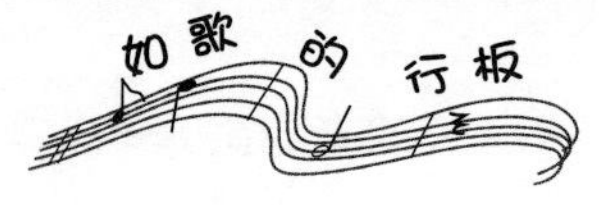

等到了一張床位？」

艾力說他的女兒將會來把他接走。「我來爲他準備一套乾淨衣褲吧？」

每一個「個案」的背後都有個淒涼的故事，志工們的慈悲用心，讓平凡的布施顯現出不凡的價值，讓無助的靈魂得到一個支持的擁抱！

馬丁路德．金恩博士說：「黑暗不能驅除黑暗，只有光明可以；仇恨不能化解仇恨，唯有愛能夠。」如果沒有愛心支持，想要爬出泥沼是多麼的不容易，抵抗挫折的勇氣當然也就減弱了。藉由食物發放，曾經流離失所的人能再次擁有對人生的希望——迎向光明人生好像是一個遙遠的夢想，但那確實是一個自己可以掌握、並且實現的夢。

世上有這麼多好人，毫無所求的傳送著溫暖與希望，爲著原本不相干、不相識的人，助他們揚起夢想，唱出心中的歌。

傷痛，用愛彌補

整片牆面貼滿了尋人的照片，隨風飛飄，彷彿聲聲呼喚，那一張張煥發著神采的臉、婚禮中美麗的主角、得意的新生兒父母親……都回不來了！

二〇〇二年九月十一日是九一一事件一週年。全美各地展開無數的紀念活動，對事件中犧牲的救難英雄和罹難人士致哀悼與追思。

當天在西岸的舊金山市政廳也有一場紀念會。市府邀請了「慈濟」一起合辦。其因緣當然是九一一事件時，慈濟在紐約的參與救援行動深受主流社會的肯定；第二個因緣是舊金山市議員余博士有感於慈濟推動「愛灑人間」的理念，因而在他擔任市府活動召集人時，便向布朗市長推薦慈濟。

這印證了「善的循環，生生不息。」

舊金山市政廳是一個開放空間，每天有川流不息的訪客，如何因應建築結構來規劃座位和群眾動線，是一項頗大的挑戰，這時唯有「用心」，將設計理念用心地落實。典禮進行中，布朗市長的談話揭示了紀念的意義：「這是沉默的一刻、想念的一刻，也是我們要深深思考的一刻。」全場呈現出神聖莊嚴之美。

回想一年前的現在，人們驚懼、倉惶，陷入一片未知的恐怖陰影中，有人因此頹然喪志，也有人挾怨報復，人心脆弱不安，影響之大更甚於恐怖攻擊。災難現場，家屬張貼的尋人照片整片牆面地隨風飛飄，彷彿聲聲呼喚，那一張張煥發著神采的臉，有驕傲的壽星、婚禮中美麗的主角、得意的新生兒的父母親……都回不來了，撕裂著一顆顆痛楚的心。

手語表演「愛灑人間」主題曲，揭開典禮的序幕。慈濟文化整體給人的感覺是一種澈悟人生常情的沉穩與安靜，安撫著受創的肉身與心靈。座無虛席的大廳，來賓包括市長、議員、消防局與警察局的代表，也包括一般民眾和正巧來訪的觀光客，此時此刻無一不在愛的氛圍中萌發了善的心念。

現場仍有很多人難掩悲傷的情緒，但也有人收拾起傷

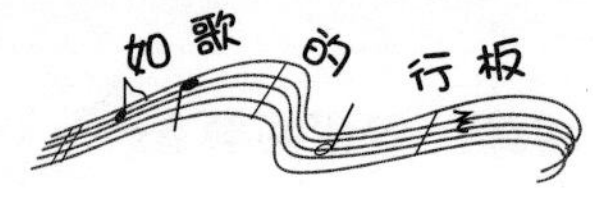

痛，選擇以積極、理性的面對。有一位來自紐約的廖女士說：「那些失去生命的人，雖如今我們景仰他們是英雄，他們何嘗願意如此身不由己地成爲英雄？如果我是其中之一，我會希望因著我的無辜受害，換來世人學習互愛，積極行善，共創世界的美好。對未來抱持光明與希望的信念，就比較容易走出傷痛。」

典禮在點燃心燈、祈福的過程中順利進行，群衆循序簽名致意之後，從慈濟人手中受贈紀念品，步出市府大門。大門外，舊金山市依然是燦爛美麗的一天。

點「心燈」的儀示由慈濟美國總會執行長與舊金山市長共同主持，群衆點燃了心燈後依序上樓至頂層簽名，沿市政廳的弧形階梯有兩排穿著深藍西裝的男士等距離肅立，猶如護持的金剛羅列兩旁。心燈盞盞，形成一道蜿蜒有致的燈河，拾級而上，頂樓的螢幕上無聲地閃著罹難者姓名，也由下而上，逐漸淡出……。

瞻仰市政大廳的堂頂，彷彿罹難者的靈魂已在祈禱聲中飛升到了天國；回首俯瞰，更覺人世渺小卑微，所有的盛名、厚祿、華貴、榮寵莫不如過眼雲煙。唯有「愛」，使人相互珍惜，相互感恩，相互結善緣。

天下有災難，人間有真情

——聆謝景貴先生在北加州演講（2003）

東半球的對西半球的說：「當我們安心睡著時，知道你們在做。」北半球的對南半球的說：「你們好好地睡吧，我們在做。」

「阿貴這名字長久以來總是和災難連在一塊兒，有點無奈！好像我追著災難跑，又好像是我到了哪裡，哪裡就有災難。」謝景貴先生以此作爲演說的開場，入木三分地點出了他在「慈濟」最大的承擔——國際賑災。

（慈濟人都暱稱他「阿貴師兄」，本文便以「阿貴」來稱呼。）

阿貴語多幽默，常引得聽衆笑聲連連，但當描述到他長年奔走於世界上最貧病、戰亂的角落時，任鐵石心腸也會垂淚；而他提醒我們預見世紀災難的可能性時，誰都無法假裝不知道，那哭嚎的山川、嗚咽的大地已然是人類不能抵賴的共業，重重地撞擊著人們習於安逸的心。

生逢亂世，見證世紀悲歡——印順導師傳

演講從印順導師的生平開始。音樂累積著情緒，讓我們回想起許多遺忘了的往事，那只不過是一個世紀之前，戰爭、瘟疫、饑荒，大時代動盪不安。一九〇六年，三月

十七日梅山地震，四月十八日舊金山大地震強度高達八點二級，那一年中國正處於日俄戰爭的內憂外患之中，四月五日一艘潛艇被擊沉……這一天，在浙江省有個早產兒誕生了，亂世琢磨著一個高風亮節的靈魂，成就了一位大慈悲與大智慧的聖者。上印下順導師教導他的弟子證嚴法師六個字──「爲佛教，爲衆生」，這成爲證嚴法師生生世世的志業。

「人間佛教的思想從印順導師開始，」廣受尊敬的宗教家聖嚴法師推崇道：「他是酵母，我們是饅頭，他啓發了一個思想。」

星雲法師也盛譽道：「他（印順導師）將佛法落實在生活中、日常中，已達開悟者的境界。」

道、業都是時間的累積，三十七年來，秉承師志的證嚴法師，無論什麼橫逆，什麼是非，畢生服膺「爲佛教，爲衆生」，不曾停下腳步。阿貴從慈濟思想的起源提醒我們深思：「我們如何在人間走這菩薩道呢？」

蝴蝶效應——勿因善小而不為

北京的一隻蝴蝶拍了一下翅膀，會引起美國東岸的一場颶風，可能嗎？

你在這裡說一句好話，對某個人微笑，東半球可能少了一場戰爭，可能嗎？

這好像是個極端浪漫的想像，但是絕對可能的。一個人一天做一點小小的善事，就會有善的循環，善的力量大，自然消弭了惡。

非洲的孩子沒飯吃，因爲我們冷漠，以爲我們不知道它就不存在，根據「蝴蝶效應」的理論，這是你可以消弭的一場災難。我們不要以爲轉開水龍頭有水流出是一件理所當然的事，這背後實在有太多太多需要感恩的好緣啊！

我們總是期望能「遇到貴人」提攜我們，其實我們自己隨時隨地都可以成爲「別人的貴人」，幫別人一把，知福、惜福、再造福就是更積極的善循環。

不識「原諒」二字

在科索沃、阿爾巴尼亞，去做人道救援的人們都被警告絕對不能說「對不起，請原諒」，因爲當地不同族群之間的關係十分緊張，只要「非我族類」一定是敵對的、殺戮的。但是有一天，阿貴卻看到科索沃人和賽爾維亞人勾肩搭背狀甚友善，原來那是一家精神病院！這眞是人類的悲哀啊！在這些照理說是違反了社會常態的「病」人之間，手攜手毫無分別心，而病院外的「正常」人卻反而互相殘殺？

另外他還看到在阿富汗，女人、小孩棲身在巨佛像下的庇護洞穴，身長還不及步槍的孩子端著槍在戒備，想想看，他的子彈所要射殺的，不就是射程之內，他最接近的同類嗎？

破敗的大學圍牆之內，學生們需要外界捐助的紙筆等文具，但是他們修習著化學程式，研究製造殺傷力更強的彈藥……。

大自然饗我以美景

在熱帶雨林做物資發放，「慈濟」仍是本著及時、重點、直接、尊重和務實的原則。因此阿貴和酋長交談、互動也是必要的，但只要想到他們之中仍存著「獵人頭」的習俗，心裡就不免毛毛的。一次發放完畢準備乘直昇機赴小型機場換飛機回臺灣，但陰錯陽差眼巴巴地看著直昇機飛走，急忙打聽有澳洲來的另一批慈濟人在另一發放點。走路約需四十分鐘，二話不說即刻起步！一路上「食人族」伴著阿貴他們一行數人，在叢林間疾行。

「各位，我終於明白《看見菩薩身影》是怎樣的感覺了！遠遠看到山脊上穿著藍衣白褲制服的人正兩兩整隊準備離開，我用盡全身力氣：『等一等我呀！』他們訝然回頭：『你不是回臺灣了嗎？』前因後果問清楚後，大家共乘吉普車朝小型機場開去，此一程要七小時！」

黑夜穿過熱帶雨林是什麼滋味？忽然頭上「咻」的劃過一道光，然後又是「咻」的一聲一聲，流星雨嗎？不會吧？莫非……食人族的弓箭！

吉普車停了下來，熄火，萬籟俱寂之際，眼前出現了一棵高大的樹，閃閃發亮的聖誕樹！原來那是一棵參天的大樹上，不知幾千幾萬隻螢火蟲在這完全沒有光害、沒有污染的穹蒼中。

「我此生從未見過，絕美的景致。」

「不錯吧！賑災還有這麼美的風景可欣賞。」

折翼的天使

閃亮的眼眸、稚嫩的手足，原該在父母羽翼下受呵護的小生命，被迫在城市邊緣做著超乎他體型和體力的勞動來謀生，眼神中不是害羞或靦覥，而是戒心，他在打量著攝影者：「這人會是我的雇主嗎？還是黑道？警察？」有些地區因戰亂使得人們倉惶逃難，有些地區因乾旱、蝗害等天災民不聊生。你猜得到全球有多少挨餓的兒童（十八歲以下）？答案是二億二千萬！

有一張照片，北朝鮮的小孩（四、五歲）每人面前一個碗，上面有個號碼，當這個號碼被叫到時，他可以有一碗湯喝！

「我今年四十二歲，母親從我三十歲時就開始催我結婚她要抱孫，但我給她看這些照片，告訴她我要他們不挨餓，『他們都是妳的孫子！』」

「母親是位意志堅強的女性，但多年來已屈服於我的毅力，反過來支持我。我也花了許多年與父親溝通，抱獨身主義是因爲我隨時準備好我的護照，隨時準備去到地球的某個角落。當然也曾遇到令我心動的女孩，但我不希望將來得經常要遠遠地跟我的小孩抱歉『爸爸總是不在家』

或要常常跟妻子說『對不起，家就交給妳了』等等。我將自己準備好，隨時準備好沒有後顧之憂。」

阿貴的大愛情操令人動容，令人肅然起敬。他好像「千手千眼觀世音菩薩」的一隻眼、一隻手，親身去擁抱那無助、恐懼、饑餓、瀕死的靈魂。

全球菩薩網，完成不可能的任務

再談「蝴蝶效應」。「你在這裡發一個善念，可以幫遠方的孩子喝到一碗湯；你在這裡口出惡言，可能害遠方掀起一場戰爭！善惡的拔河，你選擇哪邊？」

接著阿貴帶大家欣賞了一段南非志工的紀錄片。在德本，慈濟志工原只有寥寥幾人，卻帶動大批南非黑人成爲「藍天白雲」。有一位潘先生運用慈悲心與智慧，爲他們開職訓班，教他們一技之長用以謀生，而在收入足夠生活所需之後還經營農地、種玉米、賣衣服，以所得捐助一座愛滋村，更翻山越嶺去探訪他們，關愛那些被遺棄了的愛滋

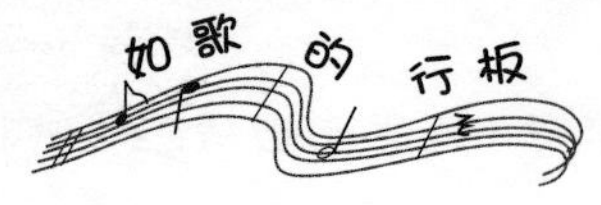

病人。眞正做到知福、惜福、再造福。

如今的南非孩子，不僅字正腔圓地唱著臺語：「感謝天，感謝地，感謝這一切」，也會用中文唱：「因爲我們是一家人，分擔分享彼此的人生……」

全世界都有好人，做著自己能力範圍內的好事，東半球的對西半球的說：「我們都知道，當我們安心睡著時，你們在做。」北半球的對南半球的說：「你們好好睡吧！我們在做。」大家都能睡得好，因爲，我知道，你，在做。

我有這樣的一個信念：百年之後，如果人類沒有滅絕，那時候的人們應該會好好地來研究這門叫做「慈濟」的學問，因爲人類之所以能留存，來自於「彼此關懷、互相愛護、共同努力」。

奇異恩典

愛土地、愛萬物、愛眾生，才是挽救世界的根本之道。

美伊戰爭之際，在戰爭外圍的科威特滾滾沙塵中，美軍的軍營牧師領著軍人們合唱聖詩Amazing Grace，他們低頭禱告，槍口朝下，每個人都淚流滿面。

這個「禮拜」有可能成為某個人赴沙場前的最後一次禮拜吧？就要面對「不是殺人，就是被殺」這個殘酷的現實，再怎麼堅強雄偉的軍人也難免要對死亡、靈魂產生巨大的質疑，而終於潸然淚下了。

全球各地掀起一波波反戰舉動，有的零零星星、有的衝突激裂，但同樣帶來動盪不安，也令人困惑。透過有線無線的各式媒體，遠方的殺戮戰場彷彿就在眼前，帶給人們另一種恐懼；流行於多國的不知名怪病伺機而動；生化武器威脅的陰影揮之不去；口罩缺貨、特殊的物資漲價……「敢不敢搭飛機？」「買防毒面具嗎？」不安的耳語持續擴散，無數生靈擔驚受怕，天下再也不太平了。

佛陀兩千多年前所預知的劫難：法末壞劫時期有小三

災——饑饉、瘟疫、刀兵劫……果眞應驗了！這些劫難，帶來無法修復的創傷，毀滅人類的希望。

早在九一一事件時，就有覺世的智者提醒我們：「已有驚世的災難，要有警世的覺悟」，而因應之道就是：「人世間愛的力量最大，唯有愛，才能消弭仇恨，撫平傷痛。」

二〇〇三年農曆新年過後不久，我懷抱著虔誠的心，來到慈濟在北加州的分會，參加了一項「全球祈福」活動，和衆多的人群一齊，祈願：人心淨化、社會祥和、天下無災難。

活動中放映了證嚴法師對全球慈濟人的開示，她說：「戰爭傷害無數人的生命，但是，反戰的行動又激化了人們的情緒，也是很危險的，現在整個世界的局勢就像是大風大浪的海中一艘船，風浪中的船上，人心是慌亂的……懇切期盼諸位，提起精進道心，照顧好慈悲的心地，將人道精神提升，將這股善的力量提升到愛好和平、祈求和平，人人不分種族宗教，就近做好事，以虔誠的心，做該做的事，全世界的人都這麼做，人和人之間的恨就沖淡了。」

這樣的智慧法語有如暮鼓晨鐘。每個人若從自己做起，人人付出愛的行動，愛土地，愛萬物，愛眾生，才是挽救世界的根本之道。

在「祈禱」歌聲中，我們點燃心燈，祈願人人「口說好話、身行好事、心發好願」。

我的心　在靜思中感恩
我的心念充滿虔誠。
大家一齊來祈禱　從不同角落地點
祈求平安吉祥滿人間
大家心口一念　化解惡念結善緣
祈求天下無災　歲歲年年

在伊拉克戰場上的美軍，他們唱著“Amazing Grace”：

異哉此恩，何其甘甜

危險、試煉、貧窮，我真心信靠

救我脫離罪惡

驚惶變成安慰

他們虔誠告白，懇求上帝恩赦賜福，在小喇叭淒清、肅穆的音色中，領受了「奇異恩典」，心靈獲得無限的安慰。

影片中，記者帶我們訪問了火線上的約旦，訪問了在那裡的華人，儘管危機近在咫尺，他們卻在第一時間準備好，爲需要的人提供人道救援；儘管自己的處境也是慌亂不安，卻能在相互關懷慰問中，在忙碌的服務中漸漸安頓了自己的心，「心不亂，就不會怕。」在烽火交織的危險區域，他們無所畏懼地負起傳遞「大愛」的任務。

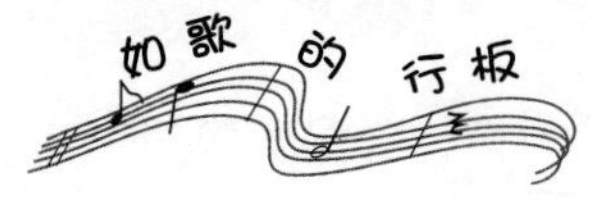

有一位受訪的陳先生說：「在劫難中看到人性善的一面，讓我在失望中依然對人類抱持希望。」

4.

重執教鞭，更堅定

教育無

樣的信念——

唯「愛」與「榜樣」

音緣聚會

——參與合唱團探訪療養院

笑容和眼神、臉龐、淚水……在我們眼前交會時，它們才是賦予了音樂有生命、有意義！

位於聖荷西市北邊的「山谷之家」療養院，是北加州慈濟分會所認養的十家療養院之一，志工們每週一次的探訪並不參與醫療和照護，也沒有物資上的付出和給予，單純的探視傳達的是一份「老吾老以及人之老」的關懷。這半天的溫情相聚，是老人們漫漫長日一星期以來最大的期盼。

這家療養院收容的是沒有自理生活能力的老人，療養院給他們生活上的照顧可說是盡心、體貼的，但沒有親人、又與社會脫節的處境，心靈的孤寂感可想而知。志工定期來訪，帶來陽光般的朝氣和歡樂，撫慰了一顆顆寂寞的心。

志工裡有多位是慈濟合唱團的團員。這一年的四月，他們才開過演唱會，趁著五月的母親節，邀請了其他團員把節目「搬」到療養院與老人們分享，陪老人度過一個難得的溫馨時刻。

那一天，團員們特地盛裝穿著團服「白雪公主裝」，亮麗的身影就像是從童話故事中走出來，引起老人們的讚嘆！缺牙的嘴笑開了，呆滯的目光柔和了，顫抖的手拉著不放，也有人高興得手舞足蹈起來。很顯然，藝術之美實在有鼓舞人心的大作用啊！

在療養院表演不像音樂廳那樣有燦亮的聚光燈、音響和掌聲，但是近距離和老人們心靈交流的剎那，那種感受深深地觸動了每一個人。當唱起了「問心」、「渡化人間」這些慈濟歌曲時，優美的旋律與和聲跨越了語言藩籬，一切的愁苦、病痛彷彿都消失了，取而代之的是內心的輕安自在。信不信由您，有些老人甚至想要一齊唱出來，那陶醉的神情就像唱著他早已熟悉的歌，而事實上，他是絕無可能聽過這些歌曲的。

當你面對的每一張愁苦臉龐上露出了歡顏，你會深深地相信，能感受到「感動」，眞是一種幸福！

有好幾位志工來探訪「山谷之家」已超過十年，他們對病友都十分熟稔，也深知「今天話別之後，下次是否再見？」人生的「無常」在這裡其實是「常」，也因此，每次探訪之後必要的「心得分享」才是更重要的人生功課。

表面上看老人都一般，一樣的遲緩、一樣的不可理喻，也有些喜怒無常，但他們有各式各樣的背景、身分和不同的人生經驗：有一位來自臺灣高齡九十六、病理學大師級的教授；也有一位中國來的女高音；還有一位胸前掛了各式獎牌的泳將，他曾經泳渡金門大橋的港灣……相同的際遇是親人都不在身邊，其中不乏有著功成名就的子女，卻無法承歡膝下的悵然。不禁令人心生感慨，嘆人生的無奈。

探訪療養院，很多人的心聲是：「我一心想來服務他們，帶給他們歡喜，卻沒想到是他們豐富了我，帶我學習和感動。」

以在療養院音樂表演來說，「專業」不外乎用心，是心與心的溝通，當音樂被唱出或演奏出來，呈現完美的音樂並不是最重要或唯一要件了，笑容和眼神、臉龐、淚水……在我們眼前交會時，它們才賦予了音樂有生命、有意義！

我的小菩薩

沒有彈性木質地板，沒有五線譜磁鐵板，沒有音響、沒有樂器、沒有掛圖和道具的音樂教室。

中國年，人文學校的新春聯歡會，每一班都有表演的節目。我教的是一班四歲半到五歲孩子的音樂班，爲他們選擇了以手鐘演奏美國民謠，和一首以手語表演的歌曲「大家來做阿彌陀佛」，因爲這首歌的曲調輕鬆快活，寓意又很好，小朋友表現得很可愛。

一位家長善意的提醒我，上教堂的家庭會不會排斥這樣的表演？

我倒不執著的一定要這首歌，但凡事敞開心胸，坦然面對，我相信透過誠懇的討論就比較不會產生誤解。首先，邀請爸爸媽媽幫助小朋友背歌詞，這首歌的大意是說有人走遍高山、大河，一心求佛，佛說：求人不如求自己，生活中就有佛。心懷慈悲喜捨，天天做善事幫助人，平凡中見眞佛。

在日常生活中，我們常會說「感謝上帝」、「我的天」“Oh, my God”，其實都並不具有宗教意涵；對親愛的孩子，稱他「我的小天使」、「我的小菩薩」也是一樣無關宗教。非佛教徒的我有一點認知——「阿彌陀佛」意指無量壽、無量光、無量福，也就是「無限的祝福」。

歌曲的最後，反覆大聲齊唱：

阿彌陀佛　阿彌陀佛　你也能夠我也能夠
阿彌陀佛　阿彌陀佛　天天行善人人快樂
阿彌陀佛　阿彌陀佛　你也來做我也來做
阿彌陀佛　阿彌陀佛　天天行善人人快樂

大人、小孩比劃著敲木魚和低頭祈禱，以象徵性的手語來互相祝福——平安、快樂，皆大歡喜。

我爲什麼來帶這一班小朋友音樂課？只能說「相逢自是有緣」。

這所中文學校有個不一樣的名稱，叫「人文學校」，教中文之外，特別注重生活教育和人文關懷。老師們用心設計課程，讓海外的華人子弟能接受到美國所欠缺的品德、倫理、人格養成等等情操教育。

人文學校租用當地高中校舍，每週只使用一個星期六，雖是僅僅半天的「學校」，卻樣樣俱全，辦公室、圖書館、教務處等，家長休息室還經常辦演講、座談，還有一個「精進加油站」的輔導處，所有的設施都由志工們（多半是家長）像螞蟻雄兵一樣，大清早搬運過來，妥當架設之後就像個設備周全的學校了，下課後又馬上收拾、清理、搬走，然後鎖上每一間歸回原樣的教室。

這種精神令我感動，也令我想到沙漠中的仙人掌，只有少少的資源，卻盡著最大的努力，發揮能量與生命力到了極致。

因此，當我被問到是否能爲小朋友開一班音樂課時，我很樂意地答應了，也深感榮幸能成爲這所人文學校的老師之一。

小朋友的報名很快就額滿了，那時距開學時間還有五個月呢！在著手準備教材時，我開始有點後悔。我鑽研「奧福音樂教育」近三十年，但看看現在我僅能使用的教室——沒有彈性木質地板，沒有五線譜磁鐵板，沒有音響，沒有樂器、道具，沒有掛圖……放眼看去只有排得很擠的高中課桌椅、投影片和電腦。這麼枯燥貧乏的場地，怎麼上音樂課啊？

煩惱的還不只這些，對出生於美國的小ABC，我不但「詞窮」、「詞拙」，連肢體語言也可能不管用了，再說，我不是退休了嗎？我不是要來享受加州陽光過我的清靜日子嗎？思前想後又舉棋不定，自忖如果臨陣脫逃，「蔣老師」一世英名豈不毀於一旦？我可能永遠也不會原諒自己。硬著頭皮，心想，這些小朋友也許是來成就我的「大菩薩」吧。

奧福教育最大的特點就是「啓發」，相對於塡鴨和灌輸，也就是「用」音樂來教，而不只是「教」音樂。於是從事教職三十年的我在北加州這異國土地，洗心革面，重新蒙受啓發——由一群三歲半到四歲的小孩子。

面對幾乎是零的教育資源，我把自己也歸零，重新寫教案，編教材，因應教室環境和我所能攜帶的器材，課程充滿了實驗性，常常得臨時改變設計好的活動。偶發狀況之多也訓練了我觸角敏銳，要注意的不只是我要教他什麼，而是他的反應是什麼。上課中孩子們常有令我驚喜的反應，成爲即興的教學素材，這樣的互動讓整堂課不至於乏味，也符合了我的理念——喜歡學，才會學得好。

幸運的，有家長的善解和支持，第一年結束時我們都捨不得就這樣分手，於是再設計了第二年的課，人數也擴大到十八人，一轉眼又要進入第三年了，考量到程度和班級默契，便不再接受插班生。

這三年的音樂啓蒙，會不會在這些小朋友的心中駐足？我希望留住的不是認得多少音、笛子吹得多好、演奏得多棒等等這些表象，而是我們共有的一些過程：我們曾經勇於展現自己的能力，也曾耐心欣賞別人的表現；曾經輪流，曾經合作，曾經分享，曾經共同完成……能擁有人類最文明、最優美的素質，才是音樂教育的目的吧！

願我的小菩薩們擁著這些兒時的美好記憶，迎向他們面前的、美好的一生。

這一班高中生

星期日早上六點開會！有沒有搞錯？

他們有多忙呢？功課多是不用說的，尤其因作業的多樣化，作一篇報告得上山下海找資料、拍攝、上網，和同學討論更是耗時費力，還有各式各樣的社團，各種球隊、田徑、舞蹈、游泳，加上交響樂團或合唱、辯論等等，每個人少說也有三、兩個社團，一、兩項樂器，外加兩、三種語文，美國的高中生眞是忙，忙，忙！眞是不輕鬆。

不僅如此，還有人參加「北加州慈少高中團」，每個月有兩個週日上午來到慈濟會所上課，是什麼神奇的力量吸引他們？

雅安剛上九年級時就聽說了這個社團，令我們十分嚮往。美國式的教育雖有自由、啓發性的優點，但不可諱言的少了道德、情操、人格教育，而慈濟的人文關懷正好彌補了這個缺失，因此自一九九二年成立了這個高中生的組織以來，已深受家長期待和主流學校的肯定，成爲一個頗具規模的學生社團了。

雅安報名之時已錯過開學，被列入了等候名單，到十年級那一年才正式成爲這社團中的一份子，三年裡，與朋友間培養出手足一般的感情。我也因爲跟著忙進忙出而成爲advisor之一，advisor不是老師，而是顧問、諮詢的對象，都是義務性的，陪著他們一齊學習，有互動，也互有成長。

全團有一百七十位學生（二〇〇四年）來自灣區近三十所高中，因此依學區編成十一個班，以知足、感恩、善解、包容來命名，這正是「慈少高中團」的精神——對己常懷知足感恩，對人抱持善解包容。

我的這一班是就讀於蒙他維斯塔高中的學生，班名是「感恩一組」。

問他們來參加高中團的原因是什麼？十個孩子有九個會回答：「爸爸媽媽 push我來的！」也許初衷是這樣吧，但是只靠催促、威脅利誘，對這些自主性很強的青少年能奏效嗎？何況有非常多的孩子在高中團待了四年整，這其中，一定有一些「特別的」吧？

據我觀察，在矽谷灣區長大的美國孩子一般而言是幸福的，父母無論從事什麼行業，也不論經濟狀況如何，多半竭盡所能地要給孩子一個最好的教育環境和不虞匱乏的生活。

然則「幸福」的定義是什麼？是一生大富大貴、功成名就？還是順順利利、平平安安？每個人都企求自己（和子女）人生之路不必流一滴血汗，不生一點病痛，沒有一點危險，不發生一件意外……但那是不可能的，而且，那樣就幸福了嗎？

如果這些孩子能知福、惜福，把心中所感受到的一份愛再傳出去，爲身邊的人再造福，比起只是「做個好孩子，用功讀書，將來在社會上做個有用的人」，是不是有更積極的意義？開拓了生命的寬度和深度，我以爲才是幸福的眞諦。

曾作過一個非正式的問卷，問他們最喜歡的靜態課程是哪一部分？令我訝異的答案竟是每月一次的「上人開示」。深思之後，其實也不意外，證嚴法師無論說國語或臺語孩子們都是「有聽沒有懂」的，他們靠著讀英語字幕，聽著法師循循善誘的口語，再透過影片描述的慈濟縮影，潛移默化就這麼一點一滴的累積了。

動態課程就很多樣化了，有人特別喜歡爲食物銀行打包和打掃公園這種體力活動，有人對療養院的訪問情有獨鍾，也有人酷愛表現，有帶動力……高中生的才華洋溢，身爲advisor，往往深感幸福地，在一旁分享他們有善念來「加持」的青春。

爲了做這些多元化的社區服務，他們還必須另外抽出時間來開會討論和沙盤推演，這種extra的時間表對他們來說，是更困難的。有一次我們這一班爲了主辦在社區「愛

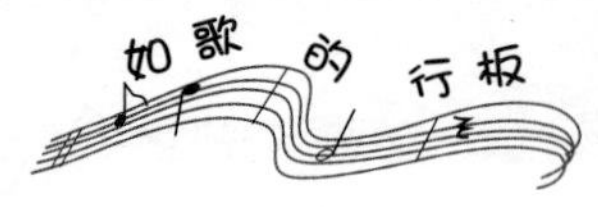

灑人間」，準備工作都沒時間討論，最後只能約到了星期日早上六點，我有些不忍，但也沒辦法，前一天我還猶豫要不要打電話提醒？最後決定不打，「來就來，不能來就不能來。」沒想到清晨六點整，我家門鈴接二連三的響了，一個也沒缺席！有人睡眼惺忪，有人端著早餐趕來……，難為了爸爸媽媽也得趕早送孩子，我深深的感動於他們的盡心、負責。

上完課或做完社區服務之後的「心得分享」常是中英文混雜進行的，文化差異導致偶爾會出現雞同鴨講、會錯意的狀況，憑添了不少樂趣。有一次我試圖解釋「發心容易恆持難」，告訴他們一時的熱情參與不如持之以恆的去做，我說：「最重要的是『毅力』。」有一張茫然的臉等著我接下文，見我不再說話，忍不住問：「師姑，請問『一粒』什麼？」

引起一陣哄堂大笑拉近了彼此的距離，聽懂了的人七嘴八舌地幫忙解釋，等他們討論了一大堆之後，又會有孩子好心地用美式中文告訴「師姑」，他們剛才說了些什麼。在他們身上，我又看到和諧、互愛的美德，也欣慰地接受到他們的善解。

老邁的師姑、師伯們有的是愛心和耐心，但代溝也是難免。幸好矽谷地區不乏具有電腦長才的師兄、師姊，還有慈青（慈濟的大專學生）畢業後回來擔任advisor，成爲高中團設計課程和帶活動的主力。老、中、青三代，同心協力哺育著海外的「菩提種子」。

從每年的九月到次年五月，是一個學年。期末除了歡送該屆畢業的學生之外，還會有一場走入高中校園的公演，上一年的主題是「大愛，讓世界亮起來」，表達了年輕人對未來的希望。再來的一年預計演出「父母恩重難報經」，將這一部傳揚孝道的經典由學生們的合唱組、管弦樂組、手語組、戲劇組和文宣組合力製作和演出，這龐大工程看來像是不可能的任務，但秉持著「困難的工作，就是智慧成長的契機」，師生一齊發揮創意、合作無間，在學習中成就他人，也成長了自己。

胸懷大愛，心存感恩。慈濟的教育愛，讓這些海外少年人的青春不留白。

書香樂韻，品味人生

他們叫我老師，我卻以為，從他們無意所散發出來的圓融智慧感化著我，讓我學習，我才是學生。

歲月總是催人老，當光陰從指尖流逝，你會希望如何老去？是有一些和你一齊老了的朋友可以談心解悶？有一個偶爾不適，也還算過得去的健康？然後就是有著快樂、自在的心靈吧！

在加州臺灣會館，我結識了多位「新的老朋友」，他們都曾經在社會上奉獻才華、努力和青春，到了被冠以「銀髮族」的年歲，仍然能擁有一顆年輕的心，這使得他們一點都不顯老。當然這裡指的年輕並非活潑有勁、熱情激昂，而是保有赤子之心——對新鮮事願意淺嘗而不莽撞；對異議能調適、妥協而不頑固；遇到該下決定的時候以商量代替堅持。他們叫我「老輸，老輸」（老師），我卻以爲，從他們無意所散發出來的圓融智慧感化著我，讓我學習，我才是學生。

臺灣會館的催生者是黃美星和張信行夫婦，他們同時也是接生者和保姆。只要看看會館從早到晚都有美星忙碌的身影，張醫師也常在中午抽空過來會館「看前看後」，哪怕只是吃個麵包又匆匆趕回診所也甘願，不就像照顧baby無微不至的天下父母嗎？

和美星是從大學時代就很要好的同學，一路走來看她爲「只要是對臺灣好」的事都一馬當先，勇往直前，始終如一，眞的從心底佩服。當臺灣會館在篳路藍縷的起步階段，我沒有來得及躬逢其盛，直到規劃課程的高淑眞因爲在慈濟的因緣，邀請我開一個有關音樂的課程，我才眞正進入這個「臺灣人的家」。

兒童音樂？合唱？好像都適合開班，但是我一方面自覺擔當不起有進度壓力或演出壓力的課程，再方面我在臺北時曾經深耕大衆文化和藝術入門課，有些經驗也許可以貢獻在這裡。

臺灣會館白天的使用者多半是遠離職場、沒有小孩和家事牽絆，卻又正好有豐富人生經驗可分享的長者。我又想起我最喜愛的一本讀物《講義雜誌》開宗明義地說：

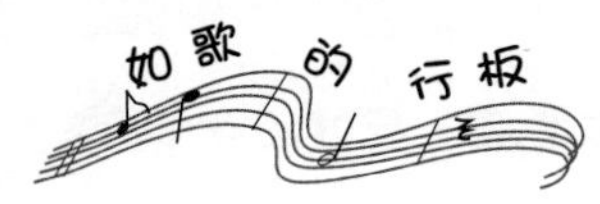

「別人教你賺錢，講義教你幸福。」這就是了，「幸福人生講座」如何？我的構想是：理財、健康、藝術，甚至美食、旅遊，都與幸福人生有關，邀請各方面專家，演講、分享、座談的方式都可以，也可以加上臺灣風土、臺灣人文之美的欣賞，課程多元化。這是我的如意算盤，我可以承擔藝術領域的課，還能接受到各式不同領域的知識，分享別人的幸福人生。

課程果然多采多姿，插花、太極、社交舞、手工藝、電腦，可是各班都有各班的時段，「幸福人生講座」就是我一個人「講」。這下子大大的感到心虛，汗顏不已，我修養還不夠，要學習的多著呢！「幸福人生」，我怎敢多談？

重新思考，審視自己的這一生。在一次談到「古典音樂中的悲喜人生」，我忽然有了一個靈感：從音樂家的生平故事可以分析一個人，他爲什麼成爲他？那，我爲什麼成爲我這個人？

憶起小時候，強說愁的年歲，覺得自己有無盡的煩惱，別人都不能瞭解。爸比說：「有煩惱啊！寫下來，爸比幫你解決。」我眞的寫了，但從沒拿給爸比看，因爲當我一條一條的寫，寫了又覺那不是，不算眞正的煩惱，有些是在寫的當下，自己已經找到了它可以不成爲煩惱的方法和想法。

爸媽不曾刻意栽培我成爲音樂家、作家或老師，事實上我也不認爲我是，但或許遺傳了他們的生活態度、人格特質，加上自己的體悟，所以我成爲了今天的我。

年幼時期爸比無心的叫我「寫下來」，讓我養成理性分析的習慣吧？在臺北的時候「寫我想的」變成一個幸福的來源。在《國語日報》兩個刊物上的專欄分別持續了三年和五年；在奧福教育協會呢，算算竟有十年！到了美國在慈濟「筆耕」，雖然看到很多病苦與悲劇，但更多的是人間眞善美。原來，「寫」只是爲自己的心中事找個出口，沒想到回收了滿滿的愛、知音與共鳴。

講座名稱改為「書香樂韻品味人生」，我感到踏實。

讀書、寫作、音樂，是我最樂意與人分享的人間美事，而「品味」，作形容詞是有品味的人生，作動詞則是品嚐人生況味——只要你有感受幸福的能力，幸福是不必外求的。

臺灣會館距我家少說也有四、五十哩，初期淑貞長途奔波的接送我，後來有同住南灣的慈濟友人君清和貞慧開車載我。我於心不安，曾幾度鼓足勇氣「莊敬自強」想自己上路。學生們一聽老輸（老師）開車需人壯膽，作陪的人有高齡九十三的耀西叔、八十幾歲的陳教授，加上同齡的美星和她的三嫂，一車子三百多歲，安啦！好友鹿淑賢最是體貼，她說：「只要妳有課，我載妳。」讓我吃了一顆定心丸。

有朋友取笑我：「說什麼『在人間作菩薩』，你這菩薩是坐轎子的哦！」

不敢奢言我貢獻了什麼，臺灣會館人才濟濟，我只有學會了「謙遜」。像，游仲雄和春惠提供給我的古典音樂資訊既可觀又珍貴；洪美和是阿媽級的人，資歷背景可是嚇嚇叫，學問一級棒；鄧基碩的才學素養、麗金的能幹賢慧……都是我遠不企及的。還有默默支持著臺灣會館的趙牧師，一位情操高貴的牧羊人，是令我景仰和學習的榜樣。

藉著書香、樂韻，來品味人生，「幸福」原來就在你身旁。

拾穗

我親眼見到很多「樂於給予」的人，不只捐錢、捐物資，他們還捐時間、捐力氣，在「做」的當下，把愛傳出去，帶給別人一份希望。

大白天的，竟有人打電話要找雅安。

「她不在，請問什麼事找她？我是她媽媽。」

「喔！伯母您好，我是文宣組 Lillian，不好意思啊，常常傳一些文章請雅安打字，她上班嗎？忙不忙？」

「上班？不，她上學，她唸高一。」

「啊？……」

這是我初次與 Lillian對話，當時萬萬沒想到我們會有兩年的「同事」之緣，那句後來被引爲趣談的「伯母您好」還曾令我耿耿於懷呢！論年紀，Lillian確實是差了我一大截，但是，「伯母」！唉，雅安的同學們不都還喊我「阿姨」嗎？

環視一下我的文宣組同仁，一個比一個年紀輕，與我是最佳拍檔的 Eva，她媽媽才大我一、兩歲！影視組的開山元老 Steve，年紀與我不相上下卻是當了祖父的人；唸電影藝術的 Lillian則僅僅是我大女兒的學姊而已。「伯母情結」，還是早早自我化解了比較好。

雅安在課餘幫忙中文打字，不必出門，只要伊媚兒和傳真就能在家當志工（因此才有以上互不相識的烏龍對白），又由於她在臺灣的中文底子在這裡成了稀有的才華，正可以大大的發揮。而我則因初來乍到，不諳此地的環境和人文生態，從沒想到要涉足教育、音樂、文化等這些原本熟悉的領域，因而跟幾位資深的志工做一些社區關懷，像是探訪貧、病、孤獨的老人等社會服務，從「新」學習，也從「心」學習。

難以想像富裕如美國，號稱黃金之地的矽谷，社會上仍隱藏著底層的哀泣。在個案訪視和重症陪伴之中我受到很大的衝擊，並非來自於所謂的不知人間疾苦，而是我親眼見到很多「樂於給予」的人，不只捐錢、捐物資，他們還捐時間、捐力氣，在「做」的當下，把愛傳出去，帶給別人一份希望。

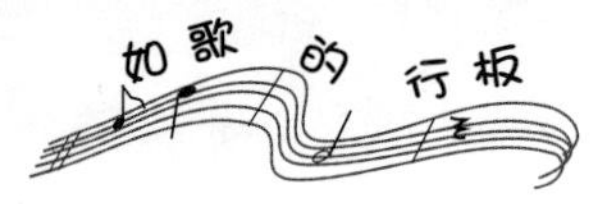

志工之中有的年輕有的年老；有人很富有，也有人經濟狀況並不是很好；還有的人是大老闆、工程師、工人、老師、家庭主婦等等，相同的是做得很歡喜和不求回報。

在這麼多的正面衝擊之下，我閱讀著人生故事、記下心得感想，也側寫志工身影。大約半年內，我成爲一位勤於筆耕的農夫，藉著雅安的打字管道，一篇一篇登上了網站，也曾被雜誌收錄刊出，其中還包括一份發行北美洲的華文日報。想必是主編們讀出了我那份誠心的讚嘆，和一個想要與人分享感動的心願吧。

「文宣組」涵蓋了好幾項專業工作，有翻譯、網路、美編、活動看板等等，還有媒體第一線的影視與採訪、活動訊息、深度報導……這些專業素養我沒有具備任何一項，因此，打從內心的，對我年輕的「同事們」深表敬佩。

影視志工經常辦一些關於拍攝和報導的研習課程，講求如何在運鏡中掌握新聞的教育意涵，媒體的社會責任更甚於技術面的追求，此一觀點深得我心，心想筆耕組的研習也該是這樣的方向吧。於是顧不得自己的外行，從筆耕跨入了影視。

課程開在週間的晚上，是為了遷就絕大多數的上班族，這對於晚上不敢開車的我又是一道難題！可就有這麼幸福的事——南灣的Elton和Anita夫妻檔樂意接送我，助我圓了上進的心。Elton是南加大研究所的高材生，他的廂型車是為輪椅特殊設計改裝的，當時還是他女朋友的Anita總是把駕駛座旁的好位子讓給我坐，高䠷美麗的她自己就屈就在拆卸了座椅的空間，他倆的誠懇、善良、互愛的情愫非常令我感動。

幾次課之後，我發現這些年輕人都是下班拎個素披薩或一飯一菜的素便當來邊吃邊上課，心中實在不忍，於是又自不量力的請纓「負責做晚餐」，召集人Wil會在有課的當天告訴我幾個人來上課，記得剛開始時五、六個人，第二次就有九人，再來竟有十二人！不敢追問是課程吸引人還是飯菜好吃？因爲論到我的廚藝，眞的是「很抱歉」，加上興趣缺缺，如今騎虎難下只好以「勤」來補拙。每次爲了作晚餐，採買不算，得下午兩點就開始在廚房裡忙，而我這廚房從來也沒煮過大鍋大鍋的菜。雅茵取笑我：「媽，妳這樣看起來很像賣自助餐的大娘！」雅安則是貼心的安慰：「沒關係，媽，『用心就是專業』！」

這堂課後來因故喊停，我有點心虛的猜想可能和這掌廚的漸露疲態、黔驢技窮有關吧？「發心容易，恆持難」眞是結結實實的一課。這一段短暫的「愛心媽媽」生涯讓我另外結識了好多位優秀的年輕人像是 George、Brain、Michael、Maylin、Yumei、Victor、Lindsay，Willy和Dianna，Leon和 Selina，還有經常爲我「收拾攤子」的Yushiang。

文宣組是一個自立更生、就地取材、資源共享、人力互補的團隊，由於成員全是志工，沒有資方、勞方之分，也沒有領導階級與職位大小之別，所有的只是「承擔」。透過無私無我的合作，我們一起完成了一個一個活動專輯；編成了一本一本活動專刊；紀錄下每一個來自善良心靈的美麗容顏。

有一句話說：「那含淚播種者，必歡笑收割。」當那些揮汗如雨、孜孜矻矻努力耕耘的農人們豐收之後，我只是那拾穗的人，撿拾著一顆顆遺落人間的豐滿稻穗。

心中浮起米勒著名的畫作「拾穗者」，夕陽餘暉之下，那彎腰拾穗的農婦，臉上閃現著的，是無欲無求、滿足的光采吧！

5. 心靈成長

，人生亮麗

和雪莉有約

學生們唱著“Top of the world”，雪莉用她病弱的聲音熱切地唱和，好像她就站在世界的頂峰。

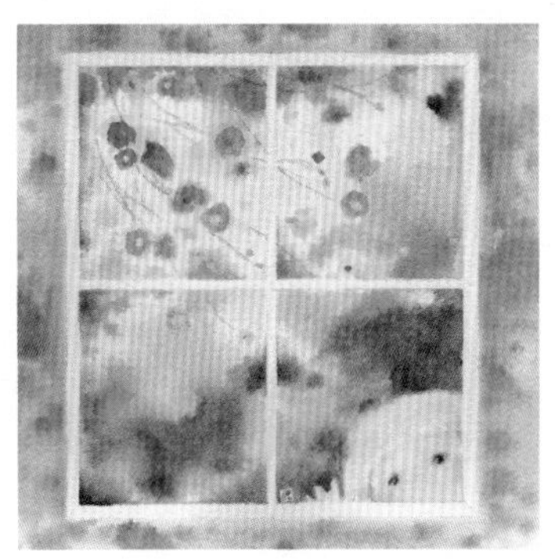

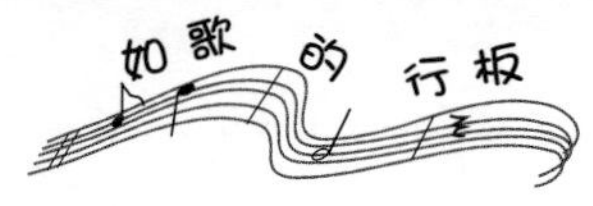

每個禮拜六下午不管有多忙，我都一定會抽出時間去看雪莉，像是趕赴一個重要的約，只是，這是個沒有約定的約。

雪莉是一位重度巴金森症患者，長年住在療養院，她的床頭牆面上貼著多年前聖誕節的照片，那時她還能躺在病床上被推去大廳與其他人同歡，但現在的她連頭都抬不起來，深深地埋進胸口，只有一條鋪在被上的毛巾接著她不斷流出的口涎，我沒看過那毛巾是乾的，永遠濕透她的蓋被和睡袍，這種情形想必日復一日，年復一年。

我是北加州一個慈善組織的高中生學生顧問（advisor）之一，爲了帶青少年孩子們做好一項社區服務——療養院探訪，我特地先走訪這家位於溫徹斯特的療養院，同時請社工們幫忙規劃學生們的團康表演和病房探視時應注意的事項。

第一次見到雪莉我就重重地被震撼了，不只是因爲看到有人居然病得這麼厲害！而且還因爲得了這種病，在目前醫學上幾乎沒有治癒可能的人，竟然這麼努力地活著，努力地要與外界溝通！她身上放著一個電腦鍵盤，她有一個E-mail世界，她玩電腦遊戲，她唯一能用的一隻眼睛瞪得斗大，在彎到胸口的頭上吃力地「看」，好像多用力點就能把全世界的事物都看進眼裡。

之後我就常常去看雪莉，對她充滿了敬意。有一次，經常來訪的「慈濟」志工們告訴她，他們今天要去街頭募款，是爲了幫助南加州大火的重建工作，雪莉仔細聽了詳情便示意他們打開她的包包，她也要捐錢．他們拿出一元，她說太少了要多捐一些，我忍不住擁著她說如果每個人都像她那麼好心的捐出一元，那不就能募到千千萬萬元了嗎？她聽了很高興，也就同意了。

但是我和雪莉的溝通卻有困難，她講話吃力又不清楚，我盡量找話題一直對她說，每當她有回應，我卻常抓不到也猜不出她說的是什麼，這使我很有挫折感，也深怕傷了她的心，於是我靈機一動，告訴她像我這種新移民，在英文上有能讀能寫的功夫，卻在口語和聽力上困難重重，這回我清清楚楚地聽到雪莉說：「Bring a book!」（帶本書來！）她表示她很樂意教我，有任何問題都可以問她，有了這個開端，我便和她分享更多的看法。

有一次我唸《讀者文摘》上的笑話，她開懷地發出笑聲，之後我的電子信箱常常塞滿了她寄來的美式笑話；還有一次我從《時代》雜誌上找文章，和雪莉說到yahoo和google這些網路新貴的成功與危機，驚奇地發現雪莉懂得的事情還眞不少。

雪莉在生病之前想必是位活潑聰慧、面目姣好的女子，她熟悉「披頭四」的每一首歌，也對六○年代以來的流行音樂十分喜歡，當我那些高中孩子們唱起“Top of the world”這類歌曲時，雪莉用她病弱的聲音熱切地唱和，令人不禁爲她能熟唱每一首歌詞的功力拍手叫好，也深受她熱愛生命的態度所感動。

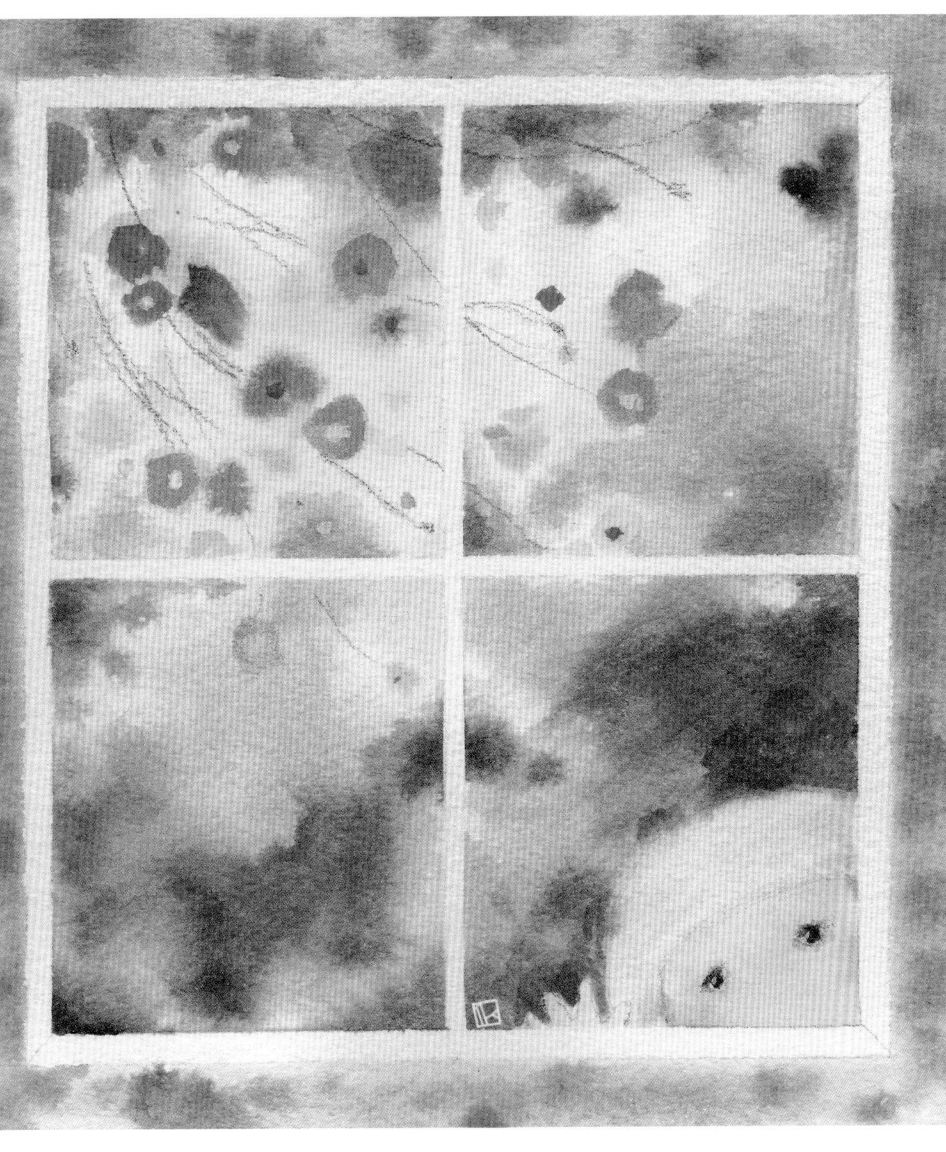

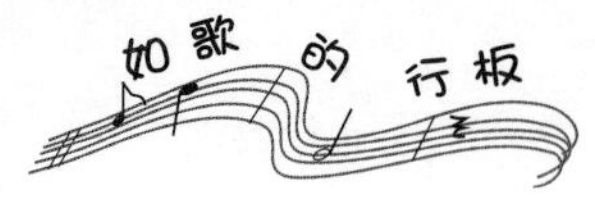

「巴金森症」是一種殘酷的病，它使人的神經和肌肉逐漸僵化到不能自主，但卻並不影響人的理性與智力，而這也正是此病最令人難堪、痛苦的一點。雪莉告訴我她是一九五一年出生的，「那是你們中國人的『兔年』對不對？」有著兔子般敏銳感覺的她，如今每天面對的，不是垂垂老矣、非哭即睡的室友，要不就是還來不及熟悉姓名就已過世的鄰床病人，對這樣一個飛揚神采的靈魂而言，是怎樣嚴苛的禁錮啊！

生活面儘管無奈，雪莉的生命卻是彩色的，她的詩作曾經發表在一本題爲*The colors of life*的詩集裡，筆觸生動妙趣連連。她最近又寫了一首“Carol”，描述鄰床病友賈姬的妹妹凱若。經常來探望姊姊的凱若，與雪莉結成了病房歲月的好友。

Carol

Carol when you visit your sister Jackie

It always makes me very, very happy

Because when you come

You always bring the sun

Along with your special smile

Which brightens the room for a while

When you play your songs

I get time to sing along

You always help me out

Something I cannot do without

You are such a dear friend

Definitely you are a godsend

But when it is time for you to go

I try to not let my sadness show

Blowing kisses and waving goodbye

Wishing for you to soon again come by

原以爲，她該是守著一方病床，守著一個窗格的藍天，守著與探訪者一週一次相約的期待；原以爲，我帶著悲憫來陪伴她，卻沒想到是她用生命教育了我。

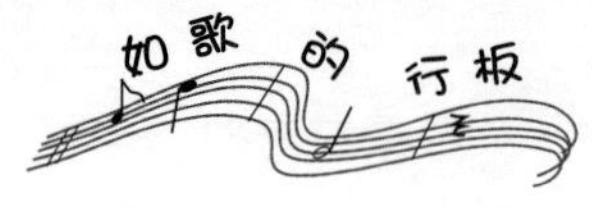

「雪莉！妳好嗎？今天。」

「很好，他們幫我洗了個泡澡！」

雪莉臃腫變形的臉上散發著動人的光彩，那份沐浴後的滿足，那份神清氣爽，你幾乎一點都不能懷疑——她是全世界最富有的人。

面對巴金森

全球已普遍趨向高齡化，因此，日常生活中不期而遇巴金森患者，或家中有人罹病都將很有可能。

「巴金森症」不是致命的絕症，大多數的病人在發病之後甚至還可以活二十年或三十年之久，但它是一種進行性的慢性病，影響生活的層面非常廣大。

本文非醫療建議，筆者謹以陪病心得，分享心理建設的重要性。畢竟，當醫藥力有未逮之時，病人唯有靠自己在生活上、心理上做調適，或許還可以有一段堪稱美滿的人生。

——此文曾刊載於美國防癌協會北加州華人分會期刊。

莎士比亞的名劇《李爾王》（King Lear）有一句話：「當上蒼命令我的腦筋去承受身體的痛苦時，我深切瞭解到我已不再是自己的主人。」

這話聽在巴金森患者和他們家人的耳中，莫不感到心有戚戚焉。巴金森症（Parkinson）雖不是絕症，但它幾乎沒有治癒的可能卻是個不爭的事實，加上它的症狀會無情地進展，更是令人痛苦、失望而沮喪，對心理上的傷害也許大於病的本身。巴金森病人的家屬眼看至愛的親人遭此折磨，除了心疼與焦慮之外，在照顧上又往往難盡人意，尤其到了後期，雙方都可能心力交瘁。

什麼是巴金森症？

一八一七年，一位六十二歲的英國醫生詹姆士．巴金森在一篇他所作、名為〈顫抖麻痺症〉（Shaking Palsy）論文中發表了他的觀察所見：

- 當身體靜止時，肢體出現不自主的顫抖，即使受到支撐時仍會顫抖。
- 身體向前傴僂，走路呈碎步移動。
- 初期症狀輕微不易察覺，病人因而無法確定何時開始發病。

他特別建議：「此病似乎逃過前人的注意而無任何研究報告，我提出觀察所見，希望帶動進一步研究，能提供適當方法解除此病所帶給人難以承受的長期痛苦。」

十九世紀法國神經學大師Richer為病人雕塑之「古爾夫人」像，現存於巴黎國家藝術博物館（取材自《巴金森病——認識與面對》，朱迺欣博士著）

然而論文發表之後竟沉寂了半世紀之久，終於經法國的神經科學大師查寇特（Charcot）由巴金森的見解進一步發現了其他病徵，如肌肉僵硬、動作遲緩，而推薦將此病以「巴金森」命名。

巴金森症的特徵

巴金森症是老年人三大腦病之一（另二者爲腦中風及老年癡呆症），是不分男女、不分種族、也不分社會階層，隨著老化而增加罹患率的流行病，此症並不遺傳，但好發於老人，以一般人口而言，每一千人就有一名巴金森患者，但六十歲以上人口，每一百人就有一名。

全世界已普遍趨向高齡化社會，因此，日常生活中不期而遇巴金森患者，或家中有人罹病都將很有可能。

如前所述，巴金森病的表徵在於「不由自主的顫抖」、「肌肉僵硬無力」、「動作遲緩」，使得當運用工具或綁鞋帶、扣釦子時，往往無法得心應手，令人有挫折

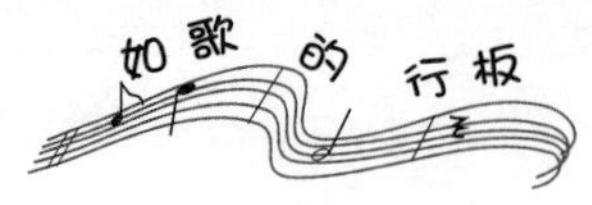

感，中期之後病人會出現駝背、吞嚥困難、流口水、講話障礙等現象，肌肉僵硬的情況會蔓延全身，而使日常活動漸漸無法自理，到了末期走動可能必須依賴枴杖或輪椅，嚴重時需要長期臥床。

典型巴金森症並不影響人的感覺和智力，但這也是此病最困難的部分，病人多半不能坦然接受得病的事實，很多人陷於怨天尤人、忿忿不平或鬱鬱寡歡的地步。

診斷與治療

巴金森症的種類多且複雜，當不只前述的症狀與表徵可判斷，其病因、病理以及運動神經之間的機轉，都有賴於專業醫師透過臨床與問診才能確切地診斷，因此與醫生合作非常重要。

診斷無誤之後，採用外科醫療或內科服藥治療也是屬於醫師的專業領域，病人不宜盲目地在各個醫院或民俗療法之間穿梭徘徊，也不宜自行停藥或改變藥量，要信賴你的醫生，保持適度的樂觀，做好長期抗戰的心理準備。

積極面對

巴金森病人的種種情緒反應雖因人而異，但大多數有些雷同，如一開始的否認、不理，漸漸自我怨歎、恐懼、低潮、退縮、退化、依賴等等都是可理解的，因爲患病的時刻也許正處在事業巔峰期，也許正在規劃退休生涯的人生第二春，頓覺美夢破碎、前景渺茫，加上無法主宰自己的生活而失去信心，或者因經濟負擔產生了危機感……

此時，家人不要只一味地隱忍、侍候和安慰，不妨多一些鼓勵，鼓舞出積極的生活態度：

- ❤盡量自己做一些事，雖花費較長時間，但可帶來成就感、滿足感。
- ❤參加能勝任的工作，如宗教活動或病友會，但前提是一定要喜歡才參加，這樣才能眞正紓解焦慮和孤單的感覺。

❤不要放棄喜愛的嗜好，如運動、交際、與朋友來往，但要量力而爲適可而止。

❤培養對藝術、園藝等的喜好，美的欣賞對於轉換心境有益無害。

❤有很多求生意志很堅強的例子，可以讓人由消極轉爲積極，以希望代替絕望。

人人都有可能生病，世間千千萬萬種的病都沒有仙丹可一藥而癒，但相信也沒有一種病是眞正的無藥可醫，就算很不幸碰上了，在對抗它的時候，也許或多或少、或大或小的，發現到另一片天地、另一番人生境界亦未可知，最重要的是勇敢面對生病這個事實。與病魔搏鬥是需要勇氣的，但若選擇與它和平共處，又何嘗不需要更大的勇氣呢？

與雪莉再敘

志工探訪療養院，不能參與也不可過問醫療行為，更不能做病人要求的服務像是餵食、按摩等。這種無能為力的感覺令人沮喪。

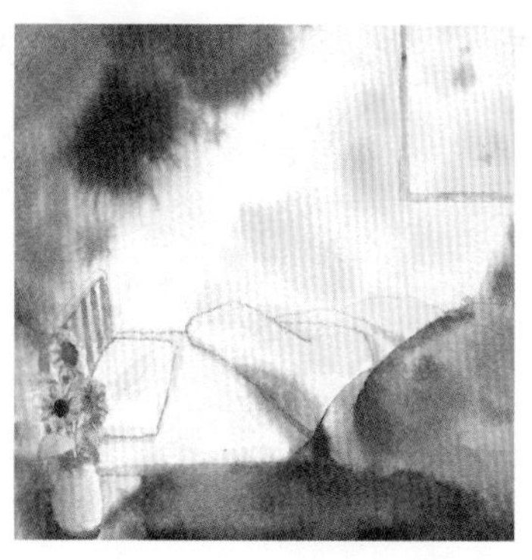

睽違一個多月沒有去看雪莉，心中難免掛念。發了一封E-mail告知我即將返美，週末就又可見面了。她回信說：「我等不及要見妳，有話跟妳說。」

這不像雪莉的作風，她一向堅強。每當志工們結束探訪時，她總是很禮貌地道謝，心情好時，甚至很有幽默感，而她一向看來心情都不錯。

什麼事要跟我說呢？我帶著一些猜測去看她。

「我睡不好，常半夜醒來，才清晨一點鐘。」

「為什麼睡不好？白天睡多了嗎？」

「我白天沒睡，我在想。」

「想什麼呢？雪莉。」

「Walk!」（走路）

斬釘截鐵的一個字！嚇我一跳。

「我想走路，我想抬起頭來！」

喔！我心裡湧起一陣酸楚，八年了呢！這是她長久以來壓抑的想望吧？

可敬的雪莉仍不忘關心別人，她問我飛機上看什麼電影，令人訝異的是，她連今年奧斯卡獎入圍的冷門電影「奔騰年代」（Sea Biscuit）都知之甚詳！而這一部夾在「魔戒」等大手筆製作的鉅片環伺之下，若非在機上觀賞到，我根本不會去注意它呢！那一次分手時雪莉要求一個擁抱，情緒有些激動。

再去探訪，雪莉的情況變得很糟，身體抽搐得厲害，好像掙扎著要做什麼。我們試圖去揣測她的意圖，像是翻身turn over？手術surgery？又像是痛？腳抽筋？……詢問護士得知這兩週來，雪莉好幾次進出醫院，總說她痛、不舒服，但經過檢查，身體上並沒有什麼異樣的進展，醫生因此說她是腦筋失控，想像的痛讓她真的很痛苦。

我們相對無言。作爲探訪療養院的志工，不能參與也不可過問醫療行爲，更不能做病人要求的服務像是按摩、餵食等。但這種無能爲力的感覺令人很是沮喪。在我不知所措之際，幸好有兩位來自「慈濟」的師兄和師姊幫忙盡力地安撫，希望讓她舒服一點。直到下午五點多，看護送來晚餐準備爲她灌食，而她已筋疲力竭，垂著眼平靜了下來。當我們道別時，她也沒有反應。

隔了兩天，我的電子信箱又傳來雪莉轉寄的笑話和漫畫，也許她又鼓舞了自己，在網路世界裡尋到一點寄託。

雪莉的病眞的無法治療嗎？我不禁懷疑起她自己說的「巴金森症」。我曾在一個醫院的講習課程中看到過「僵直性脊椎炎」這樣的病例，病況和進展過程都和雪莉很相似，當然以我這樣一個「外行」的旁觀者，是不能下任何推論的。

那個病例中的阿吉伯「嘉義大林醫院重生記」，令我不禁想像起，如果，連阿吉伯那樣嚴重的病都能有生命回春的一天，雪莉是否也有這樣的幸運？如果她有幸能接受到比較積極的治療，就算終生不能痊癒，終生無法走路，以她如此充沛的生命良能，不知要造福多少人呢！當不僅只躺在療養院的病床，數著漫漫長日與長夜，一分一秒，無奈地步向生命旅程的終站啊！

生之禮讚

佛號聲聲的救贖中，我有了深層的參悟，更覺珍惜此生，無懼死亡了。

瓊玉來電話，問我下午二點到四點有沒有空去「助唸」，看了看時間還可以，但必須在三點半離開去接小女兒，她說沒關係有人輪班來接替，會一直排到近半夜。我知道助唸是什麼，但卻不曾參與，不知道怎麼做。

「沒關係，跟著唸佛號就好。」瓊玉交代了些地點、服裝、儀容等等細節。然後，她體貼地問：「妳會不會怕？」

怕？怎麼會？這把年紀了，不敢說看破人生，至少也看淡了生死。依我粗淺的認知，助唸就是給去世的人最後的祝福，當生命到了終點，魂魄會飄然進入我們所未知的空間，陪誦佛號可幫他提起正念，安詳行去。宗教的解釋是如此讓生者心安，也讓往者靈安。

於是我整裝出發，驅車的一路上開始在心中默唸佛號，還順道去買了兩盆黃菊，準備回家後栽種，爲自己的第一次助唸行動也來點祝福。

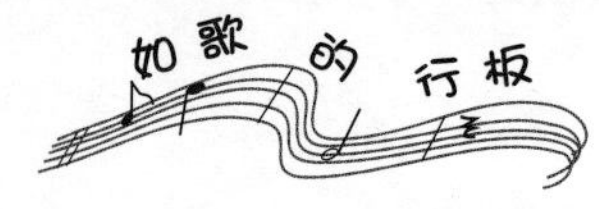

大夥兒幾乎同時到了門口，不多交談，列隊進入大廳。家屬的哀哀哭泣排山倒海似的感染了我，情緒起伏中我立刻知道自己的心理準備根本沒有作好。往者是一位中年男子，身旁有一小女孩抽抽噎噎地哭得很傷心。這是他的女兒嗎？看年紀不像，是他孫女嗎？那他又似乎太年輕了。彷彿重現一個多年前熟悉的場景，我失控到止不住聲淚俱下。

眞的是「活到了這把年紀」，我僅有的一次與親人死別經驗是二十多年前父親的去世。當年，從無高血壓病史、生活恬淡自持又樂在工作的先父，只因一陣突如其來的胸痛，「主動脈剝離症」就奪去了他的生命。

憶起當年心境，那錐心的悲痛至今難忘。純樸的鎮民扶老攜幼前來悼念他們最信賴的家庭醫生，有的親族三代、四代不絕於途。從他們哀傷不捨的話語中，我知道父親不只治療他們的病痛，也爲一些家庭問題排解糾紛。

「『先生』好像土地公哦！幫我們『作公欽』！」

「『仙A』一定去到佛祖身邊了，伊去那一日正是『佛祖生』呢！」

但是，任何宗教說辭都無法安慰我，這算哪門子「善有善報」啊！我徒然無助的質問那不可知的天意，也對生命的無常、無解充滿了懷疑。終究，怨恨的情緒只能伴著淚水，化成一道深深的傷痕，埋藏在心的底層。二十年了，這傷痕顯然也從未癒合。

同伴們讚誦的佛號聲傳來一絲絲暖意，好像要拉我一把，沉穩的聲調給我安定的感覺，我有一搭沒一搭地試著打開哽咽的喉嚨。

「生是旅，死爲歸」不是嗎？那個殊途同歸的「終點」既無從選擇，那麼掌握人生之旅的「過程」，總可以任人自在揮灑吧！我相信父親不算長的一生中，無時無刻不是積極生活、與人爲善，而且熱情擁抱人世。從我頓失生命

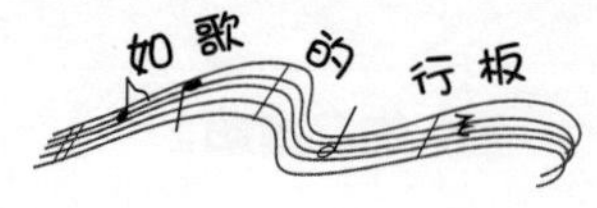

支杜的那一刻起，不就是在感念父親的一言一行中摸索著長大嗎？

生，是新生；死，是往生。但，「面對死亡」，又何嘗不是另一種形式「心的重生」？

佛號聲聲的救贖中，我有了深層的參悟，更覺珍惜此生，無懼死亡了。對於今天這位素昧平生的「菩薩」，我滿懷感恩。

但求無憾

伴行死蔭幽谷，何嘗不是一種幸福？相愛的人、相識的人能有機會表達這一段在共處的塵緣中無盡的感懷，一起面對生命最終的一刻，成就了彼此都無憾的人生。

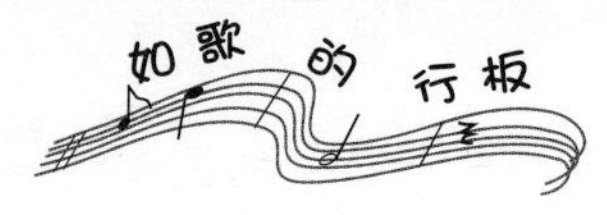

好友莉莉的女兒們在紐約唸研究所和大學，離家越遠，越是期待全家團圓的耶誕假期，興高采烈的計畫著旅遊。相對於紐約的冰天雪地，追逐夏威夷的陽光沙灘遂成爲她們的首選，眼看著即將成行，從臺灣卻傳來孩子們的外公—陳伯伯病故的消息，莉莉趕緊收拾行囊，度假奈何變成了奔喪。

最近十幾年，我只知道陳伯伯一直纏綿病榻，陳伯伯與先父是日本時代熊本醫科大學的前後期同學，都是術德兼備的好醫生，陳伯伯得享高齡八十有餘，而先父卻早在二十多年前病逝了。

想起父親的驟逝，心中又湧起萬般不捨，我任憑自己的思緒雜沓紛飛，想像著父親一定同樣的有很多很多的放不下，對那些以日語叫他「先生」，或臺語「仙A、仙A」的鄉親，還有我們，他最鍾愛的家人。

那時候，我偷偷地羨慕起癌症病患，他們和時間競走、與死神拔河，雖然通常那是一堆殘酷的數據、百分比和無情的時間表，但是，好的是它伴隨著一線希望和一個機會，讓相識的人、相愛的人有機會表達這一段在共處的塵緣中無盡的感懷，然後當最終一刻到來，才真正能悼往者以懷念，慰生者以平安，成就了願捨與無憾的人生。

從陳伯伯生病以後，莉莉眼看自己那幾乎是萬能的父親日益退化、形容枯槁，醫療對他已經無能爲力，而陳伯母的年紀、體力都不堪負荷照料之責，年輕的小弟和弟媳有小孩和家庭的重擔，申請菲傭、印傭也都是勞心費神之事，莉莉短期的奔波探訪，反而是以安慰家人才是重點。那時期的苦和淚，心力交瘁的感受，只能無語問蒼天了。

早在這一年春，陳伯伯已多次進出加護病房，也接了病危通知，後來雖都轉危爲安，莉莉在美國、臺灣兩頭跑，和家人攜手體驗了徘徊生死門的苦澀，真是點滴在心頭。我安慰她：能伴行死蔭幽谷，何嘗不是一種幸福啊！當然這是以我自身的經歷和處境來說。

這次，我想陳伯伯是累了，一呼一吸之間誰也不驚動地就走了。醫院發出的診斷書寫的是「心肺衰竭」，當年家父的死亡證明也是如此，諷刺的是，對身爲醫生的他們來說，生命最終當然是死於心肺衰竭，人世間衆生的命途遭遇或各有不同，然則終點卻是如此一致。

印象中的陳伯伯高大英俊，意氣風發，拉起小提琴經典名曲「流浪者之歌」讓我們這些當年的小女生泫然欲涕、心爲之碎，相較於病中十年受盡苦痛折磨，格外叫人於心不忍。老天爺不曾許諾任何人長壽、健康、快樂的一生，生老病死全由不得人自己選擇。也許，求個「死生皆自在」反而才是我們重要的人生課題吧？

就我而言，時時刻刻懷抱感恩與愛，珍惜每一個當下，此生應該無憾了吧？我也衷心相信，莉莉一家人陪侍陳伯伯走完一段「了無遺憾」的人生路。

豆豆的奇遇

該養一隻優雅貼心的寵物了，博美？杜賓？馬爾濟斯？……就是不要吉娃娃！

豆豆是一隻體重不到十磅、全身光溜溜沒有一點「皮草」的吉娃娃，有一天從家中走失，經過一整天一整夜，隔日清晨被公路警察送到動物收容所，那發現地點離家竟然有十哩之遠，不知牠是怎樣走上高速公路？又是如何越過那些交流道？何況那陣子，加州最低氣溫只有華氏三十幾度，能夠生還眞的只能說是託天保佑。

兩年前收養了豆豆是一個緣分，那時我家小妹剛爲她高齡十六的老狗送終，心情低落到好似與至親的人永別似的，強打起精神清理遺物之餘，和她先生認眞地思考再養一隻優雅貼心的寵物，考慮的品種有活潑可愛的博美、精明健壯的杜賓、沒脾氣的小馬爾濟斯等等。

但當朋友帶她去看一隻被主人虐待得不成「狗形」的小可憐時，只看了一眼的當下她就投降了，軟心腸的毛病再犯，「我要是不收養牠，牠不就一直那麼可憐過一輩子嗎？」好了，這下子，準備好的貴氣的狗名好像全都和牠太不搭調了，唉！就好像「油麻菜籽」命，就叫「阿豆豆」

好了。

小妹從小就愛抱流浪動物回家，而每次送別那小小生命時，總聽她一把眼淚、一把鼻涕地發誓：「下次一定要養健康可愛的寵物！」然而也總是不斷地看她又養了瘸腿的、生病的狗狗、貓貓，從來沒有「空巢期」。

在愛心調教之下，豆豆長胖了些，臉上的線條也柔和了，但改不了的是看門狗本性，對陌生人或訪客一概兇相伺候，只有對小妹他們夫妻倆倒也柔順可人，十分討喜。

那天下班回了家不見豆豆跟前跟後的熱情歡迎，小妹心知不妙，果然後院邊門大開，急急忙忙在住宅區內奔跑找尋，感覺像大海撈針一般無望，不禁放聲大哭起來。沒有小孩的他們在這一刻，就像做父母的人發現孩子發生了什麼意外，那樣的心痛和焦急。

我們徹夜趕製搜尋傳單，張貼在住宅附近且投到鄰居

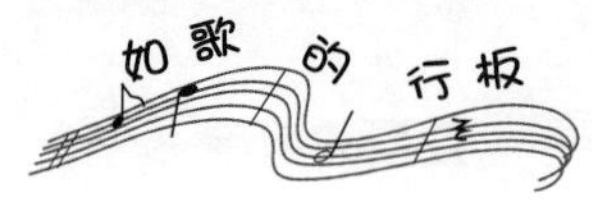

信箱。經過無眠的一夜，第二天小妹失魂落魄地去上班，拜託姊姊們跑遍市內的每一間流浪動物之家，但是都沒有結果。

妹夫上班之處在鄰城，下班時不死心地彎路去看看當地的流浪動物之家。說眞的，心裡連百分之一的希望也不敢有，誰知，竟然就在一個籠子中看到豆豆！不敢相信自己的眼睛！豆豆已被清洗乾淨，正疲憊不堪地蜷曲在一角。工作人員跑過來問了走失地點直說根本不可能，這一段高速公路之間最少有七、八個交流道，這天早上有人打有九一一報的案，因爲已跨越市界因此被送到這裡。幸好妹夫隨身攜帶了電腦印製的傳單，豆豆也認主人，終於是個快樂結局。

妹夫說當時在流浪動物之家，有一個也是去尋找走失犬的人，說他的狗已失蹤了許久，但他仍不放棄地每天在找，他激動地握住小妹夫的手，說：「你是幸福的人！趕快，第一個要告訴你太太，我的手機借給你！」

豆豆是如何走失、又是如何走到警察找到牠的地方？大概永遠是個謎了。大家也百思不得其解。但發生了這件事之後，小妹的電子信箱差點擠爆，都是因為那張貼得到處都是、還有信箱中的「失蹤傳單」，關心的信息不斷傳來，有人說：「我有兩隻狗天天在家，但我完全能感受你失去所愛的心情。」也有人來信問候，殷切地問找到了沒，還有更多的是祝福……。

我從不知道世間有這麼多溫暖，內心的感激眞像要滿溢出來。豆豆的奇遇，令我深深相信，人一定要隨時存善心、做善事，因爲你不知道在什麼時候、什麼地方，也有人爲你發了好心，做了好事。

後記——如歌的行板

柴科夫斯基的D大調弦樂四重奏，第二樂章Andante Cantabile（義大利文）如歌的行板，原是一個帶有表情的速度術語，因爲曲調優美如詩，給人恬適安靜、泰然自若的感受，百多年來已成爲此一樂章著名的標題。

行板，走路一般的速度，有散步似的心情，不奔馳、不擁塞，也不疾不徐，讓人有足夠的時間和空間來思索：繼續走嗎？怎麼走？要不要轉個彎？還是回頭？

人生一個一個不同的階段，在轉折處都會有著或多或少的空間和時間，調適之道也因而有鬆有緊。好的規劃讓人一步一腳印地、安然自在地走去；但也有令人措手不及的大考驗突然降臨的時候，那時，就要看心中有多少彈性了。彈性的空間給人一個機會及時剎車、從容應變，不至於空留遺憾。

住在美國的最後半年，「爸爸」作了一個重大的決定——退休，而且斬釘截鐵地表示：「絕不搬去國外。」

「爸爸」從來就是一個安土重遷的人，做事也都經過深思熟慮，然後決定了就是決定，甚少說出來與我商量，而我的「樂天知命」大概也是磨出來的，對於「爸爸」的決定，我一向樂意配合，支持百分百。

最捨不得的只有好不容易才適應了、喜愛了的美國北加州，人、地、事、物，還有、還有，美麗的天空！在熟識的朋友眼中，我是個「無可救藥的浪漫主義」，對於搬回臺北，我仍是歡喜面對，以喜悅相迎。

這幾年的空中奔波，加上遲暮之年身體頻出警訊，促使「爸爸」作了這樣的決定吧？身爲一位在臺北市區域性教學醫院服務近三十年的耳鼻喉科專科醫師而言，自公職退休之後仍有很多「舞臺」足以貢獻出所學和經驗，但是，多方考量到時間、體力、交通等等問題，在家中開設診所執行醫療工作便成爲最適宜的規劃藍圖。

說是「服務鄉梓」未免陳義過高，不過事實也是如此，不需追逐名聲光環，也不爲謀取奢華生活，以服務的心態面對每一個病苦案例，不就是醫生的天職嗎？耳鼻喉科的前輩、亦師亦友的張昭明教授送了一本京都大學醫科教授大島清的著作《退休革命》，對我們來說，深得其益、也深受啓示。

二十年前「爸爸」還沒有成爲科主任時，曾執業看夜間門診幾乎有十年之久，當時的襁褓小兒如今都已成年，當時的成人也變成中、老年了，時序的變遷推移，催促著每個人身不由己地步向黃昏。但如果那叢生的白髮和增多的皺紋能提煉出生活智慧，不也很值得嗎？

藉著出版這本書，爲五年來的美國生活作一番回顧，欣然發現我在日日平凡的生活中擷取了不少「藥膳食材」，爲自己燉煮了一鍋心靈補湯，這並不是過客行旅的

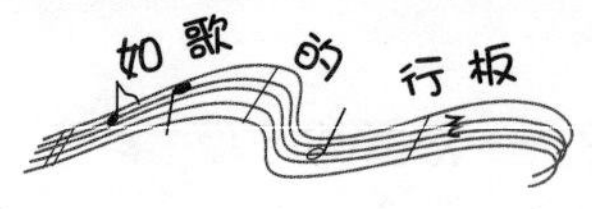

終點，而是另一個嘗試自省的開始。

在北加州，因寫作而結識的好友林文釗曾告訴我一句話，是一位印度哲人說的：「不要急，慢慢走，好讓靈魂跟上來。」人生所求爲何？在衝鋒陷陣往前追求之際，千萬別忘了身體與心靈的平安和諧。

那麼，要用多慢的腳步呢？就是「如歌的行板」吧！

慢慢走，好讓靈魂跟上來。

國家圖書館出版品預行編目資料

如歌的行板= Andante cantabile / 蔣理容著. -- 初版.
-- 臺北市：揚智文化, 2005 [民94]
面；　公分. -- (現代生活系列；17)

ISBN 957-818-729-7（平裝）

855　　94004759

如歌的行板

現代生活系列 17

著　　者／蔣理容
出 版 者／揚智文化事業股份有限公司
發 行 人／葉忠賢
總 編 輯／林新倫
執行編輯／晏華璞
美術編輯／蘇珊平
登 記 證／局版北市業字第1117號
地　　址／台北市新生南路三段88號5樓之6
電　　話／(02)2366-0309
傳　　真／(02)2366-0310
E-mail／service@ycrc.com.tw
網　　址／http://www.ycrc.com.tw
郵撥帳號／19735365
戶　　名／葉忠賢
印　　刷／鼎易印刷事業股份有限公司
法律顧問／北辰著作權事務所　蕭雄淋律師
初版一刷／2005年4月
定　　價／新台幣220元
ＩＳＢＮ／957-818-729-7

本書如有缺頁、破損、裝訂錯誤，請寄回更換。
版權所有 翻印必究